KB121520

걸어서 가는 길

걸어서 가는 길

1쇄 발행일 | 2023년 05월 30일

지은이 | 김용운
펴낸이 | 정화숙
펴낸곳 | 개미

출판등록 | 제313 – 2001 – 61호 1992. 2. 18
주소 | (04175) 서울시 마포구 마포대로 12, B-103호(마포동, 한신빌딩)
전화 | (02)704 – 2546
팩스 | (02)714 – 2365
E-mail | lily12140@hanmail.net

ⓒ 김용운. 2023
ISBN 979 – 11 – 90168 – 63 – 2 03810

값 15,000원

걸어서 가는 길

김용운 장편소설

개미

되돌아가고 싶지 않으십니까?

그럴 시간이 없지.

되돌아갈 수 있다면 무얼 하시겠습니까?

또 걸어야지.

지겹지도 않으십니까?

그게 나그네지.

나그네가 마음에 새길 것은?

짐이 가벼워야지.

또 무엇입니까?

남에게 짐이 되지 말아야지.

또 있습니까?

자기 발에 맞는 신발을 신어야 하네.

우리들의 자화상

나는 하나이면서도 때로는 둘이었다.

"너는 누구냐?"

오늘도 내가 나에게 문득 물어본다.

"내가 본 나-가 나이다."

그러자 또 하나의 다른 내가 얼른 도리질을 한다.

"아니, 그렇지 않다. 남들이 본 나-가 나이다."

보다 앞서, 내 마음속에서는 이미 둘이서 티격태격했었다.

"이쪽으로 가자."

"아니, 이쪽으로 가자구."

"그러다가 너는 곧 나를 따라올 것이다."

"그런 소리 마라. 머잖아서 너는 후회할 테니, 두고 봐라."

이렇듯 나는 하나이면서 둘, 둘이면서 하나인 '나'에 대해서 누가 나의 주인인지 아직도 헷갈릴 때가 많다.

흔히 인생을 '나그네 길'이라고 말한다. 모태를 떠나 무덤을 향해 걸어가는 과정인 만큼 틀린 말이 아니다. 우리는 저마다 나그네의 길을 걸어가며 오늘도 피곤하고 다리가 아프다. 길을 가면서 같은 나그네들을 만나고, 헤어지고, 사랑하고, 미워하고, 실수하고, 용서하고, 많은 것들을 배워가며 저마다 나름대로 구도적인 삶을 추구한다.

진리란 무엇인가? 쉬운가, 어려운가?

쉬울수록 어렵다. 가장 쉬운 것이 가장 어렵다.

이 소설의 주인공은 필자인 나 자신일 수도, 이 글을 읽는 독자들일 수도 있다. 길을 찾는 자, 길을 찾은 자, 길을 잃고 헤매는 자…… 당신은 그 어느 쪽인가. 주인공이 선택한 마지막 길은 변명인가, 아니면 자기 구원인 또 하나의 길인가.

천년 고찰 백담사는 강원도 설악산에 자리하고 있다. '백담사 만해마을'에서 나에게 창작 공간을 마련해 주었다. 산과 시냇물과 하늘뿐인 그곳에서 내가 이 작품의 초고를 끝냈을 때, 유리창 밖에서는 마침 흰 눈이 펄펄 휘날리고 있었다. 그 기억이 아직도 남아 있다.

2023년 5월
김용운

소설가의 말

차례

길과 나그네

한 떼의 오리들이 냇물에서 놀고 있다. 이리저리 헤엄치며 때로는 자맥질도 하면서 즐겁다. 그런 오리들은 저녁놀이 물들 때면 약속이나 한 듯 하나, 둘 물에서 나온다. 그리고 합창이나 하듯이 꽥꽥꽥꽥 소리를 지르며 가까운 집을 향해 무리지어 간다. 집오리들이다.

그 집 마당에는 키가 크고 잎이 가득한 나무 한 그루가 서 있다. 그 나무는 저녁때가 되면 오늘도 시끄럽다. 아침 일찍 날아갔던 새들이 하나, 둘씩 돌아오기 때문이다. 나무는 새들의 보금자리이다.

그러나 나그네는 집이 없다.

비가 내리면 비를, 눈이 내리면 눈을 가려줄 지붕이 있는, 바람이 불면 바람을 막아줄 벽이 있는 집 니그네에게는 비록 직지만 아늑한 그런 집조차 없다. 어느 때이든 찾아 들어 마음놓고 편안하게 썰 자기의 집이 없다. 오늘은 이곳에서, 내일은 또 어느 곳에서 그때그때 하룻밤을 묵어 가야 하는 불안이 있을 뿐이다.

나그네는 외롭다.

집안에는 그 집의 가족이 모여서 산다. 한지붕 아래 모여 사는 식구들이다. 집은 몸이고, 가족은 마음이다. 가족이 없는 나그네의 마음은 항시 쓸쓸하다. 늘 외롭다. 그리하여 혼자서 눈물 지을 때가 많다.

나그네는 고독하다.

가족이 없는 외로움, 집이 없는 설움을 겪어보지 못한 사람은 아무도 그 마음을 모른다. 얼마나 그 마음이 괴로운지, 얼마나 고통스러운지를 모른다. 외로운 자는 울고 고독한 자는 웃는다. 바닷물이 증발하면 소금이 남듯이, 눈물이 진하면 웃음이 된다. 그 한 가닥의 웃음을 풀면 엄청난 양의 눈물이 된다.

나그네가 길을 가고 있다.

어제처럼 오늘도 혼자서 걸어 가고 있다.

그는 때로는 눈물을 보일 때가 있다. 혼자서 서럽게 우는 때도 있다. 그때마다 뜻 모를 눈물일 때가 많다.

그는 전에는 자주 그랬었는데, 그러나 요즘에는 그렇지도 않다. 때로는 쓸쓸이 웃을 때가 있다. 눈물이 나올 성싶은데, 웃음이 나올 때가 있다. 그도 어느 결에 고독해지려나 보다. 가볍지만 무거운, 진하고도 깊은 웃음의 농도를 터득한 모양이다. 나는 고독한가? 그러나 그는 그때마다 크게 도리질을 한다. 나는 고독하기에는 아직 이르다고, 아직도 멀었다고. 하기에 그는 요즘에도 자신을

걸어서 가는 길

그저 한 사람의 외로운 나그네라고 생각한다.

　나그네가 걸어가고 있다.

　혼자 걸어가고 있다.

　어제도 그랬지만, 오늘도 혼자라서 그는 외롭다.

　누가 저만큼에서 혼자 걸어가고 있다. 역시 나그네이다. 그런데 앞선 자는 때로는 다리를 뒤뚱뒤뚱 걸음이 마냥 더디다.

　앞선 나그네를 따라잡은 그가 나란히 걸으면서 물어본다.

　"어디가 아픈가요?"

　"그건 왜 물어보시오?"

　"당신의 발걸음은 절뚝거리며 띄엄띄엄, 그래서 지금은 나하고 나란히 걷고 있습니다. 그러니까 물어볼 수밖에요."

　"하긴."

　옆의 나그네가 이어 말했다.

　"나는 지금 발이 몹시 아프오."

　"쉬었다가 가면 되지 않습니까?"

　"그렇긴 해도, 나그네는 한 곳에 오래 머물 수가 없잖소."

　"다리도 아니고, 왜 발이 아프지요?"

　"나그네는 맨발로는 오래 걸을 수가 없소. 발에 신발을 신고 걸어야 하오. 그런데 나는 신발 때문에……"

　"그건 그래요. 길을 가는 나그네에게는 신발이 꼭 필요하지요. 그런데 당신의 신발은 무엇이 어때서요?"

　"길에서 신발 가게를 지나치다 보니까, 아주 멋진 신발이 눈에

　　　　　　　　　　　　　　길과 나그네

띄었소. 모양은 물론 색깔도 욕심이 생기지 뭐요. 그러자 나는 신고 있던 신발을 얼른 벗어던지고, 그 멋진 신발을 사서 신고 떠나왔소. 그런데 처음과는 달리, 그 새로 산 신발이 차츰 문제를 일으켰소. 신발이 내 발보다 조금 작다는 것을 뒤늦게 알았소. 발 뒤꿈치가 까진 것은 물론이고, 이제는 갈수록 너무 아파서 견딜 수가 없소. 발 뒤축이 그러하자, 절룸절룸 걸음도 느려지고……"

"그랬었군요."

"벗어버리면 간단한데, 맨발로는 오래 걸을 수도 없고, 무엇보다도 신발이 멋지고 새것이라서 버리기에는 너무 아깝고…… 그래서 이렇게 절룩거리며 가고 있소."

옆의 나그네는 발이 너무 아파서 더는 한 걸음도 걸을 수가 없다며 길가에 주저앉았다.

그는 다시금 혼자가 되어 걸어가고 있었다.

저만큼 앞 길에 또 누가 눈에 띄었다. 역시 나그네였다. 그 사람도 발걸음이 느렸다. 그를 따라잡고 나란히 걸으면서 그가 물어봤다.

"당신은 왜 발걸음이 느리지요?"

옆의 나그네가 대꾸했다.

"이유가 있답니다."

"어디, 그 이유를 들어봅시다."

"걸어오다가 길에서 신발 가게를 지나쳤지요. 그런데 얼른 눈에 띄는 신발이 있지 뭡니까. 모양도 멋지고, 색깔도 예쁘고……그래서 얼른 그 신발을 사서 바꾸어 신었지요. 그런데 그 신발은 어딘

걸어서 가는 길

가 내 발에 맞지 않는다는 것을 뒤늦게 알았지 뭡니까. 말하자면 그 신발은 내 발보다 조금 컸습니다. 차츰차츰 헐렁헐렁, 그러니 걸음걸이가 가뿐하지를 못하고, 그렇다고 벗어버리기에는 신발이 너무 아깝고……"

앞서의 나그네처럼 다리가 아프다면서, 옆의 나그네는 길가에 앉아버렸다.

그는 다시금 혼자가 되었다.

어느새 밤이었다.

밤길을 혼자서 가고 있었다. 하늘에 달이 둥두렷 밝았지만, 밤길은 그래도 휘휘로웠다.

저만큼에 누가 길가의 돌 위에 혼자 앉아 있었다. 그리로 다가가자, 상대방은 소년이었다. 소년이 길가의 도톰한 돌 위에 걸터앉아서 쉬고 있었다.

그는 소년의 앞에서 잠시 멈칫거렸다. 다리도 쉴 겸 그도 소년의 옆에 나란히 앉으며 넌지시 말을 걸었다.

"얘야."

"네?"

소년이 그저 입으로만 대꾸했다.

아직 어린 소년은 이런 호젓한 밤길에서 낯선 사내를 만났는데도 흠칫해 하기는커녕 요만큼도 당황하지 않았다.

흥미를 느낀 그가 물어봤다.

"넌 혼자서 길을 가던 참이었니?"

"네."

"집이 어딘데?"

"저쪽이요."

소년이 손가락 끝으로 자기가 가야 할 방향을 가리켰다.

"어디를 다녀오던 길이니?"

"엄마를 보고 와요."

"왜?"

"내 동생을 낳고 몸이 아프자, 외갓집에 가서 지내세요."

"그렇다면 엄마가 보고 싶어서 그곳에 갔다가 지금 너희 집으로 가던 길이었구나?"

"네."

중얼댄 소년이 문득 물어봤다.

"아저씨는 누구세요?"

"지나가던 나그네란다."

"나그네?"

"먼 길을 가는 길손이란 뜻이지. 그나저나 너는 무섭지 않니?"

"뭐가요?"

"어린아이가 혼자서, 더구나 이런 밤길을 간다는 것이……"

"무섭지 않아요."

"무섭지 않다고? 나는 어른인데도 조금은 무서운데……"

"무서워하는 걸 보니, 아저씨는 죄가 많은 모양이네요."

"뭐라고?"

"죄가 없는 사람은 조금도 무섭지 않다고요, 뭐."

"허허허허."

"그리고 아저씨는 나보다도 가진 것이 많기 때문예요. 가진 것이 없으면, 요만큼도 무섭지 않다고요!"

"으허허헛."

그가 큰 소리로 웃자, 소년이 자리에서 몸을 벌떡 일으키며 중얼거렸다.

"난 가요."

벌써 두어 걸음을 떼어놓은 소년은 달빛 속에서 맨발이었다. 그것을 발견한 그가 소년을 불렀다.

"얘야."

"네?"

소년이 뒤돌아봤다.

"너는 신발이 없구나."

"……"

"길을 가는 사람에게는 신발이 필요하단다. 내가 돈을 줄 테니, 신발을 사서 신어라."

그가 돈을 꺼내 주자, 그것을 받아든 소년이 허리를 굽혀 절을 하며 말했다.

"고맙습니다."

"그 대신에, 신발을 살 때에는 이것을 명심하거라."

"무엇을요?"

"신발을 고를 때에는 모양이나 색깔만 보아서는 안된다. 아무리 모양이 에쁘고 색깔이 고와도, 내 발에 맞지 않으면 그건 좋은 신발이 아니란다. 발에 맞지 않는 신발을 신으면, 오래 걷지를 못한

길과 나그네

다. 비록 모양과 색깔이 썩 마음에 들지 않더라도, 네 발에 꼭 맞는 신발이 네게는 가장 좋은 신발이란다. 알겠니?"

오늘도 나그네는 길을 간다.
혼자서 걸어가고 있다.
지금은 숲길을 지나가고 있다.
앞에서 걸어가고 있던 나그네가 갑자기 발걸음을 멈춘다. 길 옆의 숲속에서 무엇을 발견한 듯 그쪽을 잠시 지켜보고 있다. 아니나 다를까, 사내는 두어 걸음 그쪽으로 걸어가더니 숲속에서 나무 막대기 하나를 집어든다. 그리고 이리저리 땅을 짚어보며 가늠을 하더니 한쪽 손에 들려 있던, 여지껏 짚고 오던 지팡이를 숲속으로 휙 던져버린다.
"왜 지팡이를 바꾸셨습니까?"
그가 물어보자, 사내가 옆을 돌아보며 되물었다.
"나 말요?"
"지금 숲길에는 우리 두 사람밖에 없잖습니까?"
"하긴 그렇군."
이어 사내가 중얼거린다.
"당신도 알다시피, 나그네에게는 지팡이가 필요하오. 하기에 당신도 지팡이를 가지고 있잖소."
"물론이지요."
"나그네에게 지팡이란 가장 가까운 길동무요. 그러면서, 때로는 둘도 없는 말동무가 되어주오. 외로울 때는 더욱 그렇소."

"옳습니다."

"그뿐이오, 어디?"

"때로는 무기가 되어 자신을 지켜주기도 하죠. 어디 그뿐이겠습니까?"

"맞소. 더 있소. 늙은이나 허약한 자에게는 몸을 지탱해 주는 버팀목이 되기도 하오."

"그런데 아까 당신은 왜 가지고 오던 지팡이를 버리셨습니까?"

"아하, 그거 말요?"

히죽 웃으며 사내가 말한다.

"마음에 들지가 않아서였소. 지팡이는 아무래도 든든해야 되겠기에 조금 무거운 것으로 골랐어요. 그런데 그것이 갈수록 내 손에는 짐스럽지 뭐요. 그래도 그런대로 손에 들고 왔는데, 아까 숲속에서 마땅하다 싶은 나무 막대가 얼핏 눈에 띄었소. 그러자 얼른 바꾼 것이오. 하하하."

"다행이로군요."

그의 말에, 사내가 말했다.

"그런데 말씀야……"

"왜 그러시죠?"

"솔직히 말해서, 이놈도 지금 내 마음에 썩 들지 않소."

"이유가 뭡니까?"

"한마디로, 조금 가볍소."

"무거워서 바꾼 지팡이가 아닙니까. 그렇다면 조금 가볍다고 불만스러울 것은 없잖습니까?"

길과 나그네

"그거야 이런 지팡이나마 없는 것보다는 있는 것이 낫지. 그러나 아무래도 가볍자 왠지 허전하고, 불안하고…… 아까 그 무겁다 싶던 지팡이가 훨씬 낫었다는 생각이 자꾸 드는구면."

"그것 참!"

아니나 다를까, 주위를 두리번거리며 걸어가던 사내가 이번에도 갑자기 걸음을 멈추더니, 숲속의 나뭇가지들을 쳐서 수북하게 쌓아놓은 더미 쪽으로 걸어갔다. 그리고, 그리로 가서 이것저것들 중에서 마땅하다 싶은 나무 막대 하나를 골라 들고 숲길로 나섰다.

"그것은 마땅합니까?"

"괜찮구면."

"가볍지 않습니까?"

"가볍지 않소."

"무겁지 않습니까?"

"무겁지도 않소."

"다행이로군요."

그러나 얼마를 가지 않아서 사내가 조금 안내키는 어조로 중얼거렸다.

"이놈의 지팡이가 왜 이래?"

"어떻기에 또 불평이십니까?"

"이것도 마땅찮기에 하는 소리요."

"가볍지도, 무겁지도 않고, 그만하면 당신이 찾던 지팡이 같은데……"

"아니, 이번에도 마음에 꼭 들지를 않으니 어쩌겠소."

"내가 보기에는 썩 괜찮은 지팡이 같은데……"

그러자 사내가 그에게 넌지시 말했다.

"내 눈에는 당신의 지팡이가 진작부터 마음에 들었소. 우리 서로 바꾸지 않겠소?"

"싫습니다."

"무엇 때문이오?"

"싫습니다."

"그렇다면 내게 파시오. 원한다면 웃돈까지 드릴 테니까."

"그래도 싫습니다."

"이래도 싫다, 저래도 싫다…… 도대체 이유가 뭐요?"

사내가 궁금해 하자, 그가 말했다.

"머잖아서 당신은 바꾼 이 지팡이를 또 버릴 테니까요!"

나그네가 길을 가고 있다.

짐이 무거울수록 나그네는 고달프다.

그것을 알고 있는 나그네는 지금 몸에 지닌 짐이 거의 없다.

먼 길을 걸어온 그는 다리가 아팠다. 길가에 앉아서 잠시 쉬었다가 가기로 한다. 쉬고 있는 그에게 차츰 이런저런 생각이 떠오른다. 들렀던 마을들이, 만났던 사람들이, 지나온 길들이 머릿속을 스쳐갔다. 그리고 앞으로 가야 할 길도……

그만 쉬고 또 가야 한다고 생각한 그가 자리에서 일어서려는 순간, 문득 그의 눈에 띄는 것이 있었다. 가까이에 있는 주먹만한 돌덩이였다. 얼핏 보기에도 그건 예사로운 돌덩이가 아니었다. 집어

들고 살펴 보자, 그건 귀하고 드문, 순도가 높은 아름다운 옥돌이었다.

그는 그 돌을 손바닥 위에 놓고 들여다보며 또는 만지작거리면서 길을 걸었다. 그때마다 그 돌은 그에게 야릇한 즐거움을 주었다. 그런 돌을 얻었다는 기쁨으로 길이 덜 지루하고, 덜 피곤하고, 한결 수월했다. 야릇한 행복감마저 느낄 정도였다.

한동안을 걸어가던 그는 길가에 앉아서 또 다리쉼을 했다. 그러다가 일어서려는 순간, 또 가까이에서 눈에 띄는 것이 있었다. 다가가서 들여다보자, 그것도 옥돌이었다. 이번에는 어린애 머리통만큼이나 큰, 앞서 길가에서 주운 것보다도 몇 곱절이나 큰 옥돌이었다.

순간, 그는 기뻤다. 대뜸 욕심이 생겼다. 앞서의 것보다도 훨씬 컸기에 꽤나 무거웠지만, 그러나 모르는 체 그냥 두고 갈 수가 없었다. 그러기에는 너무 아까웠다. 이것도 가지고 가기로 했다.

길을 걸어가고 있는 그는 차츰차츰 등에 진 짐이 무겁기 시작했다. 처음에는 가지고 있던 짐이 별로 없었기에 무거운 줄 몰랐었지만, 이제는 그게 아니었다. 한쪽 손의 주먹만한 옥돌도 별 문제가 아니었다. 어린애 머리통만한 옥돌이 등의 짐이 되면서부터 짐의 무거움을 느꼈다.

짐이 무겁자, 여느 때와는 달리 이번에는 얼마 가지를 못하고 그는 또 길가에 앉아서 쉬었다. 짐을 벗자 그는 그만큼 가벼웠고, 그만큼 홀가분했고, 그만큼 기뻤다.

한동안을 쉬다가 또 길을 떠나려고 그가 막 일어섰을 때다. 무엇이 저만큼에서 번쩍거렸다.

가까이 가서 보자, 번쩍거리고 있는 것은 어른의 머리통만한 큰 돌덩어리였다. 그냥 돌덩어리가 아닌, 귀중한 금이 여기저기에 박혀 있는, 얼핏 보기에도 엄청나게 값이 나갈 금의 원석이었다.

그러자 그는 이런저런 생각을 해볼 겨를도 없이 그 돌을 가지고 가기로 했다. 등에 진 짐이 무거웠기에, 그는 원석은 두 팔로 안고 가기로 했다. 등의 짐보다 앞가슴에 안은 짐이 더 무거웠지만, 그러나 그는 참았다. 장차 이것이 가져다줄 행복을 생각하며 그때마다 애써 참았다.

이윽고 그는 지쳤다. 앞에 안은 짐이 너무 무거워서 더는 한 걸음도 나아갈 수가 없었다. 해는 이미 서녘 하늘에 있었다. 산골에서는 산에 가려 해가 늦게 뜨고, 일찍 기운다. 머잖아서 밤이 찾아올 것이다. 어두워지기 전에 하룻밤을 묵어갈 집을 찾아야 했다.

그는 짐을 덜기로 했다. 그까짓 것쯤, 주먹만한 옥돌을 버렸다. 얼마쯤 간 그는 이번에는 아까웠지만 어린애 머리통만한 옥돌을 버렸다. 이제 그에게 남은 것은 어른 머리통만한 원석뿐이었다. 가장 무거웠지만, 끝까지 그것은 버리지 않기로 했다. 버리기에는 너무나도 아까워서였다. 그러나 그런 생각도 오래 가지 않았다. 이번에는 얼마 못 가서 그것마저 버리고 싶었다. 그는 그만큼 고통스러웠다.

이미 해는 지고, 주위는 어둑했다. 바람이 거칠었고, 어디선가 산 짐승의 울음소리도 들려왔다. 그는 너무 다급해서 원석이고 뭐고 생각할 겨를이 없었다. 아니, 이제는 생각하기조차 싫었다. 당장

길과 나그네

급한 것이 있었다. 산골에서는 함부로 노숙을 할 수도 없다. 그랬다가는 자칫 길에서 생명을 잃을 수도 있다. 하기에 하룻밤을 묵어갈 집부터 찾아야 했다.

그는 산길에 퍼더버리고 앉은 채 고개를 이리저리 돌리며 집을 찾아보았다. 그러나 그가 아무리 그랬어도 주위는 온통 어둠뿐, 불빛은 보이지 않았다. 그러자 그는 비로소 후회를 했다. 모두가 그놈의 돌들 때문이었다. 작은 옥돌 하나쯤은 그래도 괜찮았다. 어린애 머리통만한 옥돌만 없었더라도, 아니 어른 머리통만한 원석만 없었더라면 그는 지금쯤 그만큼 훨씬 멀리 갔을 것이고, 이미 아늑한 어떤 집을 찾아들어 편하게 누워 있을 것이었다.

그때, 갑자기 저 앞의 숲속에서 무엇이 반짝거렸다. 불빛이었다. 그러자 정신이 번쩍 든 그는 힘이 솟구쳤다. 원석도 버리고 그 불빛을 바라보며 허겁지겁 찾아갔다. 밤의 불빛은 거리가 가까운 듯하지만 멀다. 한참이 지나서야 그는 그 불빛으로 찾아들었다. 그것은 울타리도 없는 어느 외딴 오두막집에서 흘러나온 불빛이었다.

주인을 찾자, 안에서는 아무런 인기척도 없었다. 들어가서 살펴보자 방안에 등불만 켜져 있을 뿐 주인은 없었다. 부엌으로 들어가 보았다. 아궁이 속에는 타고 남은 불이 아직도 벌겋게 남아 있었다. 솥뚜껑을 열어 보자, 찐 감자들이 들어 있었다. 너무 배가 고팠던 그는 그 감자들을 꺼내 허겁지겁 먹었다. 그러고는 너무 지치고 피곤했기 때문에, 그는 그 따스한 아궁이 앞에 옹그리고 앉은 채 그냥 잠들어버렸다.

그가 잠에서 깨어난 것은 해가 머리 위에 떠 있는 다음날 한낮이었다.

무슨 일로 어디를 갔는지, 주인은 여전히 보이지 않았다. 어찌 보면 다행이었다. 주인의 허락도 없이 하룻밤을 묵고, 더구나 그의 감자들을 꺼내 먹어버렸기 때문이었다.

주인이 돌아오기 전에 그는 오두막집을 떠나기로 했다. 그게 더 나을 성싶었다. 앞뜰로 나서자 걸어가야 할 길과 걸어온 길이 눈에 들어왔다. 걸어가야 할 길로 방향을 잡고 몇 걸음 가던 그는 갑자기 멈추어 섰다. 무엇인가 아쉬운 생각이 들어서였다. 그것은 그의 생명을 건져준 오두막집 주인에게 고마움의 인사를 못하고 떠나는 것이 그런 것이 아니라, 버리고 온 그 돌들, 그 미련 때문이라는 것을 그는 곧 알았다.

이곳에서 가장 가까운 곳에, 가장 값이 나가는 금의 원석이 고대로 있을 것이다. 어제와는 달리, 지금은 피곤이 풀려서 힘도 있었다. 그것만 찾아 가지고 떠나가기로 했다. 그는 길을 되돌아갔다. 그 원석은 산길의 길가에 고대로 놓여져 있었다.

그것을 배낭에 넣어 지고 떠나려던 그는 잠시 우두이 멈추어 섰다. 무엇이 또 그의 발걸음을 잡았다. 조금만 더 지나왔던 길로 되돌아가면 어린애의 머리통만한 옥돌이 그곳에 있을 것이다. 욕심이 난 그는 그곳을 찾아갔다. 그는 그것도 주워서 한쪽 손에 힘겹게 들었다. 이제는 길을 가야지 생각한 그는 그러나 다시금 우뚝 멈추었다. 여기까지 온 김, 그 주먹만한 옥돌마저 생각이 난 때문이었디.

되돌아가서 그 작은 옥돌마저 챙긴 그는 너무 기뻤다. 이제는 떠

길과 나그네

나자! 그는 우선 그 오두막집을 바라보며 걷기 시작했다.

그러나 그는 얼마를 가지 못하고 곧 피로를 느꼈다. 어젯밤을 오두막집에서 배불리 먹고 잠을 푹 잤는데도 벌써 피로를 느끼다니, 이상하다고 그는 생각했다.

나그네에게는 누적된 피로가 있는 법이다. 그런데도 그는 되돌아가서 가장 무거웠던 원석을, 그리고 어린애 머리통만한 옥돌, 주먹만한 옥돌마저 챙겼다. 그 순간마다 그는 그만큼 기뻤지만, 그 마지막 순간이 지나자 가야 할 길이 머릿속에 떠올랐고, 그러자 여지껏 잊고 있었던 피로가 파도처럼 밀려온 때문이었다.

그는 원석부터 버렸다. 그리고 나서 얼마쯤 가다가 이번에는 어린애 머리통만한 옥돌을 버렸다. 그러다가 날이 저물자, 주먹만한 옥돌마저 버렸다.

오늘밤에도, 그 숲속에서는 불빛이 반짝거렸다.

어제보다도 더 지친 그는 어젯밤보다도 더 늦어서야 그 집을 찾아들었다. 방안의 불빛도 아궁이 속의 따스한 불도, 새로 찐 감자들도 솥 속에 들어 있었지만, 오늘밤에도 주인은 보이지 않았다.

어젯밤보다도 달게 잠을 푹 자고 일어난 그는 길을 떠나기로 했다.

그가 앞뜰로 나서자, 지나가던 바람이 그의 귀에 속삭였다.

"떠나려고?"

"그래."

"어디로?"

"나한테는 가던 길이, 가야 할 길이 있거든."

"그러나 아쉽지 않니?"

"뭐가?"

"그걸 그냥 두고 떠나다니!"

"무슨 말이지?"

"다시 한번 되돌아가면 그 번쩍거리는 원석이, 어린애 머리통만 한 그 옥돌이, 주먹만한 그 작고 아름다운 옥돌이 있거든. 하나만이라도 찾아 가지고 떠나렴."

조금 생각하던 그가 고개를 옆으로 저으며 중얼거렸다.

"모두 버리기로 했어!"

구름이 잔뜩 낀 하늘이다.

바람이 몹시 부는 날이다.

해는 구름 사이로 이따금씩 얼굴을 드러내고, 나뭇가지들이 바람에 이리저리 쓸리며 수런거린다.

그렇듯 스산한 길을 여자가 혼자서 걸어간다.

그녀는 고개를 푹 숙이고 걷고 있다. 그러다가 때로는 고개를 들고 히죽히죽 웃기도 하고, 때로는 고개를 사납게 도리질을 하면서 걸어가고 있다.

옆으로 다가서서 걸으며 그가 넌지시 물어본다.

"왜 이렇게 혼자 걸어갑니까?"

그러나 여자는 대꾸가 없다.

"물론 나그네라서 그런 건 알지만……"

비로소 여자가 고개를 돌리며 말한다.

"나한테 무엇이 알고 싶죠?"

"당신은 울면서 가고 있습니다. 왜죠?"

"난 그러지 않았어요."

"아니, 그랬습니다. 지금도 그렇고요."

"무엇을 보고 그렇게 단정을 하죠?"

"당신의 표정은 지금 우는 듯, 웃는 듯, 그러나 울고 있습니다."

"그런 말이 어디 있어요? 울면 울고, 웃으면 웃는 것이지."

"아뇨, 당신의 표정은 지금 그렇지가 않습니다. 입은 웃고, 눈은 울고 있습니다."

"네?"

"입만 겨우 웃고 있습니다."

조금 후에, 그녀가 말했다.

"당신도 그런 경험이 있으셨던 모양이로군요. 아닌가요?"

"글쎄요."

"좋아요. 그렇다면 길동무 삼아 말씀드리겠어요."

그녀가 조금 웃으면서 말한다.

"보신 대로 나는 지금 울고 있어요. 마음이 몹시 울고 있어요. 서럽게, 서럽게 울고 있답니다."

"무엇 때문입니까?"

"괴로워서예요."

"무엇이 그리도 괴롭단 말입니까?"

"추억 때문이에요."

"추억?"

"그래요. 추억!"

그녀가 비싯 웃으며 말을 잇는다.

"한마디로, 나는 추억이 많은 여자예요. 그런데 그 추억들 때문에 괴로워하고 있어요."

"추억이 없는 사람이 세상에 어디 있습니까. 나그네들이란 다 그런 것 아닌가요?"

"당신은 몰라요."

"내가 무엇을 모른단 말입니까."

"당신은 추억의 무게가 얼마나 버거운지, 힘겨운지 아세요?"

"추억의 무게?"

"그래요. 추억의 무게!"

그녀가 이어 말한다.

"들어보시겠어요?"

"그러죠."

"이런저런 자자분한 추억들은 다 제껴버리고⋯⋯한 남자를 사랑했어요. 그는 내가 찾던 남자였어요. 그런데 그는 머리는 좋으나 집안이 가난했어요. 나는 그보다는 훨씬 부유했어요. 나는 그를 돕고 싶었어요. 가난하지만, 머리가 똑똑한 남자이기에 더욱 돕고 싶었어요. 시간이 흐를수록 우리는 더욱 깊이 사랑했어요. 그런데 그게 아니었어요. 그는 출세를 하자, 헌 신짝 버리듯이 나를 버렸어요. 우리는 그렇게 서로 사랑했었는데도⋯⋯ 호호호홋. 호호호호."

"저런, 저런!"

"더 들으시겠어요?"

"말하고 나면, 그만큼 마음이 가벼워집니다."

"이번 남자는 그 반대였어요. 그는 상처받은 내 마음을 쓰다듬어 줄 줄 아는 사람이었어요. 아버지 같은 나이의 사람이었지만, 나를 깊이 보듬어 주는 그의 따뜻한 정에 이끌려 나는 이번에도 모든 정성을 다 쏟으며 그런 그에게 헌신했어요. 그러나 그도 역시 남자였어요. 한 사람의 사내였어요. 어느 때가 되자, 나를 헌 신짝 버리듯 버리더군요. 보다 젊은, 보다 예쁜 여자로 바꾸더군요. 호호호홋. 호호호호."

웃던 여자가 갑자기 빠른 어조로 말했다.

"당신은 나그네에게 등에 진 짐이 얼마나 무거운지 아세요?"

"그야 가벼울수록 좋지요."

"그러나 짐은 등에 지고 있는 짐만이 짐이 아니랍니다. 마음속의 짐은 그보다도 훨씬 무겁답니다."

"……"

"어쩌면 추억의 짐이 등짐보다도 더 무겁답니다."

"으음."

"나그네는 추억을 파 먹는 사람이 있는가 하면. 추억을 만드는 사람도 있답니다. 그러나 추억은 무겁답니다. 어느 때는 너무 버거워서, 너무 무거워서 그만 죽고 싶을 정도랍니다. 추억을 만들지 마세요. 또 하나의 짐을 만들지 마세요!"

"추억의 짐이 등짐보다 무거울지는 몰라도, 그보다는 죄의 짐이 더 무겁습니다."

"우리는 지금 추억의 짐을 말하고 있어요. 아시겠어요?"

갈림길이 나타나자, 나는 한 길을 택하고 그녀는 다른 길로 가버렸다. 천천히 걸어가고 있는 그의 등 뒤에서 누가 문득 혼잣말처럼 중얼거렸다.

"아기들은 젖을 먹고 살고, 어린이들은 밥을, 소년들은 꿈을, 어른들은 돈을, 늙은이들은 추억을 먹고 살고……하하하."

그가 뒤돌아 보자, 나이가 지긋한 신사가 그의 곁으로 바투 다가왔다. 조금 간격을 두고 진작부터 등 뒤에서 따라 오던 사내였다.

"댁은 누구시지요?"

그가 물어보자, 그 사내가 웃으며 말했다.

"누구기는. 나도 나의 길을 가다가 보니까, 그대들이 앞에서 한창 얘기를 나누며 가더군. 그저 말없이 뒤따라 걸었지. 그 여인은 눈치를 못챈 듯, 그러나 그대는 알면서도 짐짓 모르는 체……"

"그렇다면 그녀와 제가 나눈 이야기도 들으셨겠군요."

"들으려고 한 것이 아니라, 들려 오니까 어쩔 수없이 그때마다 들을 수밖에. 하하하."

"그러셨군요."

"사람은 늙어갈수록 주위로부터 소외를 당하고, 그러면 그 외로움을 그나마 위로해 주는 것은 추억뿐이지. 지난날의 즐거웠던, 아름다웠던 추억이지. 그러자 추억이나마 먹고 살려고 사람들은 젊어서부터, 벌써부터 추억 만들기를 시작하지. 틈만 나면 추억 만들기를 한다구. 인간은 추억을 먹고 사는 동물이니까. 하하하."

"그건 잘못이 아니잖습니까."

길과 나그네

"잘못이기는. 추억은 외로운 자, 지친 자에게는 더없는 친구이자 마음의 양식이지. 그러나 때로는 견디기 어려운 괴로움과 고통을 주는데, 그것이 문제라구. 추억이 괴로워서 목숨을 끊기도 하는데, 그것은 나이로만 따질 것도 아니지. 젊은이보다 더 강인한 늙은이가 있는가 하면, 늙은이보다 더 나약한 젊은이도 얼마든지 있으니까."

"그건 그렇습니다."

"마음이 우울하거나 괴로울 때, 추억은 좋은 보약이 되어주지만, 때로는 죽음으로 이끄는 독약이 되기도 한다는 걸 잊지 말게나. 추억을 친구로 사귀되, 그 노예가 되어서는 안되네. 추억은 늪과 같아서, 그 늪에 한 번 빠지면 헤어나지를 못하고 자칫 생명을 잃을 수도 있다네. 하기에 추억에 휘말려서, 그 달콤함에 빠지기보다는, 추억에서 차라리 탈출하는 것이…… 추억이란 그런 것일세."

"아까 그 여인도, 또 하나의 짐인 추억을 만들지 말라고 하더군요."

"맞아, 맞아! 추억의 노예가 되지 않으려면, 차라리 추억 지우기를 함으로써 추억으로부터의 자유를 얻으라는 뜻이지. 나름대로 얼마나 괴로웠으면 그런 말을 했겠는가."

"그러나 그게 어디 쉽겠습니까?"

"바로 그게 문제야. 추억이 삶이요, 삶이 곧 추억인 것을 어찌 하겠나!"

걸어서 가는 길

어떤 길

나그네가 걸어가고 있다.

오늘도 그는 혼자이다.

어제에서 오늘로, 다시 내일로 걸어가고 있다.

그가 산길로 들어서서 얼마쯤 가자, 갑자기 어디선가 산이 쩌렁 울릴 만큼 큰 호통소리가 들려온다.

"내려놓아라. 무겁다!"

얼핏 천둥소리처럼 들린 그 목소리는 거역할 수 없는 어떤 힘을 지니고 있었다. 그러자 그는 자신도 모르게 그 자리에 우둑히 멈추어 서서 이러지도 저러지도 못하고 있다. 그리고 그 목소리의 다음을 기다리고 있다.

"어헛, 어서 내려놓으래도!"

"무엇을 내려놓으라는 말씀입니까?"

그도 무턱대고 큰 소리로 대꾸했다.

"무엇이긴 무엇이냐. 네놈이 등에 지고 있는 짐이지."

"보시다시피, 제가 지금 등에 지고 있는 것은 옷 나부랭이들이 들어 있는 작은 보따리뿐입니다."

"더 있다."

"없습니다."

"어허, 있다고 하지 않았느냐!"

"없습니다."

"찾아보아라!"

나름대로 잠시 생각하던 그는 이내 고개를 끄덕거렸다.

"제가 잘못했습니다."

"무엇을 잘못했다는 것이냐?"

"제가 가진 것들이 더 있었습니다."

"그게 무엇이었느냐?"

"재물입니다."

"재물이라고?"

"그렇습니다."

"말해 보아라."

"여기까지 오는 동안에 저는 길에서 크고 값진 옥돌들, 그리고 어른의 머리통만한 금의 원석 덩어리를 만났습니다."

그것 보라는 듯이, 상대방이 물어봤다.

"그래서 어찌 되었느냐?"

"결국 다 내려놓았습니다."

"그랬더니 어떻더냐?"

"가벼워졌습니다."

"으허허헛. 그건 그렇고…… 더 있을 것이다."

"없습니다."

"또 찾아보아라."

"아아, 있습니다."

"그게 무엇이냐?"

"미련입니다."

"으허허헛."

한바탕 크게 웃어댄 상대방이 물어봤다.

"그래서 어찌 되었느냐?"

"……"

"말을 못하는 걸 보니, 네놈에게 아직도 욕심이 남아 있는 모양이로구나. 아니더냐?"

"그렇습니다. 애써 잊으려고 해도, 버린 이런저런 것들이 이따금씩 머릿속에 떠오를 때가……"

"으허허헛. 그럴 것이다. 미련이 남아 있다는 것은, 그 뿌리가 아직도 살아 있다는 뜻이다. 그 뿌리는 무엇이라고 생각하느냐?"

"추억입니다."

"그것마저 버리거라. 버리면 버린 만큼 가벼워진다. 알겠느냐?"

"부끄럽습니다."

"부끄러울 것 없다."

"어째서 그렇습니까?"

"세상에서 제일 못난 놈은 부끄러운 것을 부끄럽다고 느끼지 못하는 놈이다."

"그렇다면 저는……"

"부끄러운 것이 무엇이라는 것을 조금은 알고 있으니 그나마 다행한 놈이지. 그러나 너는 아직도 못나고 불행한 놈이다."

"왜 그렇습니까?"

"그 답을 네가 찾아보아라."

"……"

"어리석은 놈이 그걸 알 리가 있나."

"혹시…… 재물이나 추억의 무게보다 더 무거운 것을 아직도 내려놓지 못하고 있다는 말씀은 아닌지요?"

"더 무거운 것이 무엇이라고 생각하느냐?"

"그것은 죄의 무게가 아닐까요?"

"으허헛. 그놈 제법이로구나."

그가 문득 물어봤다.

"그나저나 도대체 댁은 누구시며 지금 어디에 계십니까?"

"멀리 있지 않다."

"도대체 어디에……"

"바람이 불면 찾아보아라."

마침 큰 바람이 일었다. 그는 고개를 치켜들고 이리저리 살폈다. 크게 쓸린 나뭇잎들 사이로, 저 위쪽의 너른 바위에 가부좌를 틀고 앉아 있는 한 사내의 모습이 드러났다. 산을 울리는 카랑카랑한 목소리며, 더구나 길게 자란 머리칼은 얼핏 오랜 수행을 하여 경지에

걸어서 가는 길

이른 도인처럼 보였다. 그곳에서는 산길로 지나가는 것들을 다 내려다볼 수가 있지만, 아래에서는 무성한 나뭇잎들에 가려져 그곳이 보이지가 않았다.

"도사님!"

"왜 그러느냐?"

"저를 거두어 주십시오!"

"거두어 달라고?"

"스승으로 모시며 가르침을 받고 싶습니다."

"도대체 네놈은 누구냐?"

"저는 모르는 것과 궁금한 것이 많은, 특히 전자보다 후자가 더 많은 놈이라서, 그 해답을 얻고자……"

"어헛, 그놈!"

무엇을 생각했는지 상대방이 말했다.

"이리로 올라오너라."

그는 도사가 자리한 곳까지 이리저리 숲길을 따라 올라갔다. 그리고 펑퍼짐한 바위 위에 혼자 앉아 있는 그에게 큰 절을 올렸다. 스승에 대한 제자의 예의였다.

"그러잖아도 땔나무를 해올 놈을 구하려던 참에 마침 네놈이 잘 걸려들었다. 으허허헛."

큰 소리로 웃어대는 도사의 뒤쪽에는 가까이 동굴이 열려 있었다. 얼핏 보기에도 그 동굴은 꽤 깊었다. 그 입구 가까이에는 바위의 벽으로부터 스며 나온 물이 고인 작은 물 웅덩이가 있고, 그 물은 다시 굴 밖으로 조금씩 흘러나왔다.

어떤 길

굴 안에는 향기로운 냄새가 은은하게 풍기고 있었다. 그 향 냄새는 굴의 끝으로부터 번지고 있었다. 그곳은 촛불이 밝혀진 제단이었다. 그리고 음식과 과일 등이 정갈하게 올려진 그 제단 앞에서는 두 손을 합장한 한 젊은 여인이 돌 조각상을 향해 자꾸만 절을 올리고 있었다. 무슨 말인가 열심히 중얼거리면서, 무엇인가 나름대로 간절하게 기도를 하고 있었다.

그날부터 그는 그곳에서 도사의 수발을 들어가며 함께 살았다. 수발이라야 별것 아니었다. 때가 되면 간단한 음식 장만과 틈틈이 산으로 돌아다니며 땔나무를 해오는 것이 고작이었다.

도사는 어느 때는 온다간다 말도 없이 휭 산 아래로 내려갔다가 다음날 혹은 며칠 만에 돌아오는 때도 있었다. 어디로, 무엇 때문에 가는지 말해 주지 않았다. 그러자 그도 역시 물어보지 않았다.

도사가 산을 내려가 버리면, 동굴에는 그와 아침 일찍 산을 찾아왔다가 저녁나절에 집으로 돌아가곤 하는 여인, 두 사람뿐이었다. 여인은 도사가 있거나 없거나 자기의 일과를 게을리하지 않았다. 그 제단 앞에서 여느 때처럼 나지막한 목소리로 주문을 외우면서 기원을 드리곤 했다.

도사가 산에 없는 날, 그가

"댁은 누구시며 이곳에 무엇 때문에 오셨습니까?"

평소에 궁금히 여기던 것을 넌지시 물어보자, 여인이 조금은 얼굴을 붉히며 말했다.

"저 앞산 너머 동네에서 살아요. 시집온 지 여러 해가 지났어도 아직 아기가 없어서……"

"그렇다면 아기를 가지게 해달라고 여기까지 찾아와서 날마다 정성을 들이고 있단 말인가요?"

"그렇답니다."

"그랬었군요. 하지만…… 반드시 이루어질 거예요!"

이어 여인이 힘주어 말했다.

"우리 도사님은 보통 분이 아니세요. 힘과 정력이 남다르고, 사람들의 길흉화복을 훤히 내다보실 뿐만 아니라, 특히 이곳을 찾아와서 백일 동안 정성껏 공을 들인 여인은 여지껏 없었던 아기가 생기곤 했어요. 그런 소문이 오래전부터 이 마을, 저 마을로 돌고 돌아서 저도 큰마음 먹고 이렇게 찾아온 것이랍니다."

여인의 말마따나, 이따금씩 낯선 여인들이 산을 찾아오곤 했다. 산의 동굴을 찾아올 때는 빈손이 아니었다. 도사에게 드릴 옷이며 양식이며 갖가지 음식을 장만해 가지고 왔다. 그녀들은 진작 이곳을 찾아와서 정성을 들인 끝에 아기를 임신, 그리하여 이후에도 그 은혜를 감사히 여기며 도사를 찾아온다는 것이었다.

어느 날, 여인이 집으로 돌아간 밤이었다.

"이놈아."

누구에게나 늘 욕을 입에 달고 사는 도사는 그를 부를 때도 마찬가지였다.

"네, 스승님!"

그럴 때마다 그는 공손하게 대꾸했다. 그것을 애정으로 여기며 당연한 양 받아들였다.

"이놈아, 내가 말을 하면 네놈은 귀를 열어야지, 내 입은 왜 잔뜩

어떤 길

지켜보고 있느냐?"

"잘못했습니다."

"아니, 잘못하지 않았다."

"네?"

어리둥절해 하는 그에게 도사가 말했다.

"말은 귀로만 듣는 것이 아니니까 그렇다. 무슨 뜻인지 알겠느냐?"

"눈으로도 들을 수 있다는 뜻입니까?"

"더 있다."

"그렇다면 마음으로……"

"으허허헛. 제법이로구나."

"스승님!"

"왜 그러느냐?"

"저에게 공부는 언제 가르쳐 주시렵니까?"

"이런 미련한 놈, 나하고 함께 지내는 것이 공부가 아니더냐."

두 사람은 동굴 앞의 평퍼짐한 바위로 나와서 나란히 앉았다. 하늘에 달이 밝았다.

"처음에도 말씀드렸듯이, 저는 궁금한 것이 너무 많고, 그만큼 알고 싶은 욕심도 많아서……"

"네놈이 궁금한 것이 도대체 무엇이냐?"

"죄의 무게는 얼마나 무겁습니까?"

"으허허헛."

"왜 웃으십니까?"

걸어서 가는 길

"네놈이 먼저 말해 보아라."

"제물이나 추억 따위는 어림도 없고, 높은 산이나 깊은 바다의 무게보다도 더 무거울 듯싶습니다."

"이런 미련한 놈을 봤나."

"아니란 말씀입니까?"

도사가 문득 밤 하늘을 가리켰다.

"저 하늘을 보아라."

"보고 있습니다."

"달이 가고 있느냐, 구름이 가고 있느냐?"

"구름이 가고 있습니다."

"아니다."

"그러면 달이 가고 있단 말씀입니까?"

"그것도 아니다."

"이것도 아니고, 저것도 아니라면 도대체……"

그는 고개를 갸웃거렸다. 달은 그 자리에 있고, 바람에 밀린 구름이 지나가고 있는 것인데도 아니라 하고, 그렇다고 달이 가고 있는 것도 아니라 하니 그럴 수밖에 없었다.

"그렇다면 무엇이 가고 있단 말씀입니까?"

"네 마음이 흔들리고 있는 게야."

"알겠습니다."

얼핏 무엇인가 조금은 얻은 듯싶었다.

"네놈은 아까 무엇을 물어봤더냐?"

"죄의 무게에 대해서……"

"그렇다면 그 해답을 이제 네가 말해 보아라."

"죄는 무거울 수도, 가벼울 수도 있습니다."

"어째서 그러하냐?"

"제가 마음먹기에 달렸습니다."

"으허허헛."

한바탕 크게 웃어댄 도사가 말했다.

"본시 죄란 형상이나 본질이 없는 것이야. 사람이 느끼기에 따라서 죄가 되기도, 아니기도 하는 것이야. 하기에 네 마음이 죄라고 여기면 고통스럽고, 아니라고 여기면 아무렇지도 않은 것이야."

"흐흠."

그러나 알 것도 같고, 모를 것도 같고, 그는 아직도 아리송한 표정이었다.

"네놈이 더 물어보고 싶은 것이 있는 눈치인데, 물어보아라."

"그렇다면, 진리란 무엇입니까?"

"진리?"

"스승님의 말씀대로라면, 같은 것을 가지고도 이것도 진리일 수가 있고, 저것도 진리일 수가 있습니다."

"그래서 어쨌다는 게냐?"

"그런데도 사람들은 자기 것을 내세우며, 그것이 진리라면서……
아닙니까?"

"네놈이 그 말 잘했다."

"네?"

"동물들 중에는 고기만 먹고 사는 놈, 풀만 먹고 사는 놈, 이것저것 가리지 않고 먹고 사는 놈이 있다. 네놈은 어느 쪽이 옳다고 보느냐?"

"글쎄요."

"고기만 먹고 사는 놈이 옳으냐?"

"그렇지는 않습니다."

"왜 그렇지 않다는 게냐?"

"한마디로, 육식은 살생이고, 살생은 생명을 죽이는 잔인한 짓이고, 따라서……"

"그렇다면, 풀은 생명이 없다더냐?"

"……"

"하잘 것 없는 풀도 나름대로 아픈 줄을 알고, 즐거운 줄을 아는 법이야. 그렇다면 그것도 엄연한 생명이기에, 뜯어 먹지 말아야 하는 것이야. 아니 그러하냐?"

"뜯어 먹힐 때, 풀이 비명을 지른다거나 표정이 있는 것도 아니잖습니까?"

"아픈 줄을 알고, 즐거운 줄도 안다고 하지 않았느냐."

"그래도 겉으로 드러나지 않으니까……"

"드러내지 못하는 그 표정은 속에 감추어져 있는 게야. 요만큼의 저항할 힘도 없는 풀을 마음놓고 뜯어 먹는 게 더 잔인한 짓이야."

"그러니까 자기 주장만이 옳다고 우기는 것은……"

"으허허헛. 네놈에게 말하겠다. 산을 내려가 이리저리 나돌아다니다가 나는 이따끔 숲은 물론 고기도 먹는다. 먹고 싶을 때는 아예 드러내 놓고 즐겨 먹는다. 그것이 차라리 그런 것들은 안 먹는

어떤 길

체 점잖을 빼며 내숭을 떠는 것보다는 백 번 낫지 않겠느냐."

"그렇다면……"

"네 마음이 진리다."

"제 마음이 옳지 않을 수도 있지 않습니까."

"이놈아, 그러니까 갈고 닦아야지."

"어렵군요."

"으허허헛!"

또 어느 날 밤에, 도사가 문득 말했다.

"저 하늘을 보아라."

"보고 있습니다."

"무엇이 있느냐?"

"오늘밤에도 하늘에는 밝은 달이 떠 있고, 수많은 별들이 반짝이고……"

"무슨 생각이 들더냐?"

"달이며 자욱한 별들을 거느리고 있는 저 광활할 하늘은 도대체 누가 만들었을까, 나 같은 존재는 저 하늘에 비하면 티끌만도 못한 미미한 존재라는……"

"이런 미련한 놈을 봤나."

"네?"

"도대체 네놈은 누구냐?"

"그걸 몰라서 이렇게 도사님을 스승으로 모시고……"

"네놈은 네놈이지 누구란 말이냐."

"무슨 말씀이신지……"

걸어서 가는 길

"어미와 자식은 어느 것이 먼저냐?"

"그야 물론 어미가……"

"어째서 그러하냐?"

"어미가 있어야 자식이 있는 법이니까요."

"네놈과 저 하늘은 누가 어미이고, 자식이라고 생각하느냐?"

"그거야 당연히 저 하늘이 어미이고, 저는……"

"그렇지가 않다."

"네?"

"네놈이 어미이고, 저 하늘은 자식이다."

"어찌 해서 그렇습니까?"

의아한 표정으로 그가 물어봤다.

"이 미련한 놈아. 네놈이 없는데, 저 하늘이 무슨 소용이 있단 말이냐."

"내가 있기에 하늘이 있다는 말씀인데……아무래도 하늘이 먼저인 것 같은데요?"

"네놈 말도 틀리지는 않다."

"세상으로 나오자, 이미 남들이 있었던데요?"

"그 말도 옳다."

"그렇다면 그들이 먼저이고, 나는 어쩔 수없이 그들과 더불어 살아가야 하고, 그러자면……"

"그러다가 자칫 나를 잃어버리니까 문제야."

"그러면 어찌 됩니까?"

"이놈아, 어찌 되기는 어찌 돼. 길을 잃고 헤매지."

어떤 길

"그렇다면 나를 단단히 잡아두는 방법을 일러 주십시오."

"그래서 이곳에 머무는 게 아니더냐."

"그런 지도 꽤 됩니다."

"아직도 멀었다. 네놈이 우둔하고 미련해서 아직 깨우치지를 못하고 있다."

"지름길은 없겠습니까?"

"먹을 때도, 뒤로 쌀 때도 늘 머릿속에서 그 답을 찾아보아라. 그답을 얻을 때, 그것이 지름길이다."

"그건 그렇고…… 도대체 사람은 죽으면 어찌 됩니까?"

"어찌 되기는. 그것으로 끝이지."

"네?"

"이놈이 놀라기는."

스승이 갑자기 소리를 내질렀다.

"이 미련한 놈아!"

"툭하면 저를 자꾸 미련하다고 그러시는데……"

"쓸데없는 걱정을 하니까 그렇지."

"그것이 어째서 쓸데없는 걱정입니까."

"내일도 모르는 주제에, 네놈은 모레까지 걱정을 하니까 그렇지."

"죽은 후에 가는 곳이 아무래도 궁금해서……"

"그것이 그렇게도 궁금하더냐?"

"그렇습니다."

"걱정할 것 없다. 살아 있을 때, 잘하거라."

걸어서 가는 길

"무슨 뜻입니까?"

"나쁜 짓 하고 죄 지은 놈들이나 지레 걱정하는 곳이야."

"죄를 짓지 않는다면, 그곳이 어느 곳이든 굳이 알 필요가 없다는 뜻입니까?"

"이승이 저승이고, 저승이 이승인 게야."

"그러니까 이승에서 큰 죄를 지으면 마음의 고통도 그만큼 크고, 이곳이 바로 지옥이라는……"

"네놈이 이제야 말귀를 조금 알아듣는구나. 으허허헛."

도사가 갑자기 큰 소리로 말했다.

"안으로 들어가서 술을 내 오너라."

그는 일어섰다. 그리고 가까운 동굴 안으로 들어가서 제단 위에 놓인 술병과 음식을 날라왔다. 여인이 돌아가면, 무엇보다도 술은 언제나 도사의 몫이었다. 여인은 아침에 산에 오를 때면 으레 음식과 새로운 술을 잊지 않았다. 술병을 낚아채듯 가져간 도사가 말했다.

"그 음식은 네놈이나 먹어라."

여느 때처럼 벌컥벌컥 벌써 몇 모금 병나발을 불어낸 스승에게 그가 말했다.

"안주 삼아 음식도 드십시오."

"너나 먹으라고 하지 않았느냐. 난 이거면 됐다. 으허허헛."

"스승님."

"왜 그러느냐."

"그것은 여인이 정성을 들일 때 쓰는 술입니다."

어떤 길

"그래서 어쨌다는 게냐?"

"여인의 정성이 허사로 돌아갈까 염려스러워서 드린 말씀입니다."

오늘따라 그가 농담 삼아 슬쩍 비위를 건드리자, 도사가 버럭 소리쳤다.

"이 미련한 놈아!"

"왜 또 미련하다고 하십니까?"

"여인은 누굴 믿고 날마다 여길 찾아오겠느냐?"

"그야 물론 영험하신 신령님이나, 어떤……"

"신령님이 눈에 보이더냐? 살아 움직이시더냐?"

"그렇다면 신령님과 통하시는 도사님을 믿고……"

"두말하면 잔소리지. 그러니 내가 내 술 먹기로소니. 으허허헛."

"여쭈어 볼 말씀이 있습니다."

"무엇이냐?"

"전에, 길에서 두 사람이 서로 언쟁을 하는 것을 보았습니다. 깨달음을 얻고자 하는 과정에서, 여인은 걸림돌이 된다고 하자, 다른 자는 그렇지 않다고 주장을 했습니다. 언쟁은 쉽게 끝나지를 않았고, 그러다가 저는 그들과 헤어졌는데, 그들의 주장은 어느 쪽이 옳습니까?"

"오늘따라 느닷없이 그건 왜 물어보는 게냐?"

"갑자기가 아니라, 저도 이후로 그게 늘 궁금하다가 조금 아까 문득 생각이 나기에……"

"이놈아, 그것을 여직 몰랐다는 말이냐?"

"미련스러워서 아직까지도……"

"네놈은 어찌 생각하느냐?"

"지팡이가 되는지 걸림돌이 되는지, 이쪽이 옳은 것도 같고 저쪽이 옳은 것도 같고, 그게 늘 헷갈려서……"

"등에 지고 가기에는 너무 무겁고, 내려놓기에는 너무 아까운 짐인 게야."

"네?"

"삼키면 몸에 해로운 것이 입 안에 있다면 어찌하겠느냐?"

"그렇다면 뱉아버려야지요."

"그 맛이 꿀맛이라도 버리겠느냐?"

"그것 참!"

"네놈이 알아서 하려무나."

"어느 쪽을 택하든, 제가 결정하라는 말씀입니까?"

"어헛, 그놈! 알고 보니 꽤나 성가신 놈이로구나. 으허허헛."

"한 가지만 더 여쭈어 보겠습니다."

"또 무엇이냐?"

"운명이란 것이 있습니까?"

"네놈이 어쩔 수 없이 걸어가야 하는 길이다."

"갈림길이 나타나면, 어느 길이든 한쪽을 택해야 하지 않겠습니까?"

"어느 쪽을 택하든, 그쪽이 네놈의 길이다."

"운명을 고칠 수가 있습니까?"

"고칠 생각 하지 말고, 그냥 따라 걷거라."

어떤 길

"화가 치솟을 때는 어찌해야 합니까?"

"싸워봤자, 헛수고야."

"네?"

"타고난 팔자는 어쩔 수가 없는 게야."

"싫어서 도망을 치면 어찌 됩니까?"

"네놈이 도망쳐서 독 속으로 숨어도, 놈은 용케 알고 그곳까지 쫓아오지."

"이쪽 길을 거부하고 짐짓 저쪽 길로 들어서면 어찌 됩니까?"

"입술을 함부로 바꾸었다가는, 네놈의 입술은 사나운 이빨로 물어뜯길 것이야. 으허허헛."

도사는 남아 있는 병의 술을 나팔 불어 다 비우더니, 더는 귀찮다는 듯이, 바위 위에 그대로 널브러져 이내 코를 골며 잠들어버렸다.

아침나절부터 하늘이 차츰 흐려지기 시작했다. 그렇듯 눈살을 찌푸린 것으로 보아 비라도 한바탕 내릴 것만 같았다.

점심을 들고 난 도사가 갑자기 무슨 생각이 들었는지, 산을 내려갈 채비를 했다.

"어디를 가시려고요?"

그가 전에 없이 물어보자, 도사가 퉁명스럽게 말했다.

"그렇다."

"도대체 어디를……"

"그걸 네놈이 알아서 무얼 하려고 그러느냐."

"아하, 그저……"

"집 잘 지키거라."

멋쩍게 서 있는 그에게 말을 던지고 도사는 휑 산을 내려가 버렸다.

온다간다 말도 없이 드나들던 때와는 달리, 오늘은 집을 잘 지키라는 말을 남긴 것으로 보아, 스승은 틀림없이 오늘 산으로 돌아오지 않을 것만 같다. 그렇다고 스승이 내일이나 모레쯤 온다고 단정할 수도 없다. 그는 느닷없이 한밤중에도 불쑥 동굴을 찾아들 때도 있었기 때문이다.

도사가 산을 내려가 버리자, 동굴에는 그와 여인 두 사람뿐이었다.

저녁나절이 되자, 바람이 차츰 거세졌다.

"비가 올 모양이네요."

여인의 말에, 그가 고개를 끄덕거렸다.

"아무래도 그럴 것 같군요."

"조금 이르다 싶지만, 오늘은 이만 집으로 가야겠어요. 혹시 가다가 비라도 만나면 큰 일이니까요."

"조심해서 가세요."

그런 그는 오늘따라 마음이 왠지 허전하다. 스승이 산을 내려가 버린 마당에 여인마저 가버리자, 그는 더욱 허전함을 느낀다. 그동안 한식구나 다름없이 친숙해진 여인이었다. 그에게 스승은 아무래도 늘 어려운 존재였지만, 여인은 가벼운 농담을 주고받을 정도로 스스럼없는 말동무였기 때문이다.

여인이 동굴 앞을 떠난 지 얼마 되지 않아서 갑자기 쿠루루룽 천둥소리가 울렸다. 그러더니 또 한 번, 이어 굵은 빗방울이 후둑후둑 떨어지기 시작했다. 이내 빗방울들은 순식간에 사나운 빗줄기로 변하여 좍좍 내리꽂혔다.

빗줄기가 거세지자 그는 무엇보다도 여인이 걱정이 되었다. 산을 내려가자면 꽤나 시간이 걸린다. 보나마나 여인은 산을 다 내려가지도 못하고 중도에서 비를 만났을 것이다. 그렇다면 지금쯤 그녀는 빗줄기를 피해 나무 아래로 들어서 있든가……

산에서는 해가 산들에 가려져서 늦게 뜨고 일찍 진다. 그나마 비가 오자 시각을 구별하기 어려울 정도로 사방이 어두컴컴하다. 기름불을 켜자, 동굴 안이 환하게 밝다. 단풍이 들려면 아직도 멀었지만, 산속은 벌써부터 냉기가 감돈다. 동굴 입구의 양쪽으로 제껴 놓았던 거적을 끌어다가 여미자, 그만큼 동굴 안은 아늑해진다.

얼마쯤 지나자, 거적문 밖에서 문득 인기척이 들렸다.

누굴까.

이런 시각에 스승이 돌아올 리는 없고…… 외진 산속에서 혼자 밤을 보낼 때, 그는 늘 외롭고 적적했었다. 이제는 어느 정도 익숙해진 생활이지만, 그랬어도 산속의 밤이 휘휘롭기는 여느 때나 마찬가지이다.

"누구시오?"

안에서 그가 큰 소리로 물어보자,

"저예요."

귀익은 여인의 목소리가 들렸다.

걸어서 가는 길

그렇다면 아까 산을 내려갔던, 그러다가 비를 만났을, 그러다가 이렇듯 되돌아온 여인이었다.

그는 얼른 거적문을 열고 여인을 안으로 들인다. 아니나 다를까, 동굴 안으로 들어온 여인은 비에 흠뻑 젖어 있다. 비를 맞아서 얼굴도 온통 물기로 번들거렸다.

"가다가 비를 만나서……"

여인의 말에

"그러잖아도 걱정을 했는데, 잘 왔습니다."

그가 얼른 마른 수건을 가져다가 그녀에게 건넸다.

여인이 수건으로 비에 젖은 얼굴이며 머리를 대충 닦는 동안, 그는 아무래도 안 되겠다 싶다. 여인을 위하여 모닥불을 피우기로 했다. 동굴 안 한쪽에 쌓아둔 마른 나무들을 가져다 바닥에 모닥불을 지폈다. 차츰 불길이 타오르자, 비에 젖어 몸을 오싹거리던 여인이 얼른 모닥불 앞으로 다가와 앉았다.

여인이 불을 쪼이고 있는 동안, 그는 두 사람의 저녁 먹거리를 장만했다. 얼마 후 모닥불가에 마주 앉아 저녁을 먹으면서 여인이 불쑥 말한다.

"비가 자주 왔으면 좋겠네요."

"왜죠?"

"그래야 남자가 지어주는 밥을 이렇게 앉아서 얻어먹을 수가 있으니까요. 꿀맛이네요. 호호홋."

"나도 비가 자주 왔으면 좋겠습니다."

"그건 또 왜죠?"

어떤 길

"그래야 댁하고 이렇게 마주 앉아서 식사를 할 수도 있으니까요. 하하하."

"도사님은 오늘밤에 오시지 않을 거예요."

느닷없는 여인의 말에 그가 물어본다.

"그걸 어찌 아나요? 이러다가도 불쑥 나타나실는지……"

"그렇지 않아요. 도사님은 멀리 가셨을 것이고, 더군다나 비까지 이렇게 쏟아지는데……"

"하기는."

고개를 끄덕거린 그가 이어 혼잣말처럼 중얼거린다.

"그나저나 비가 얼른 그쳐야 할 텐데……"

"왜지요?"

"그래야 댁으로 돌아가실 것 아닙니까."

"내가 싫으신 모양이죠?"

"그럴 리가…… 댁에서 걱정을 하실까봐 그러는 것이지요."

"전에도 이런 적이 있었어요. 비를 맞으며, 더구나 밤길에 집으로 오느니 차라리 산에서, 도사님 곁에서 지내기를 잘했다고 집의 어른들이 칭찬을 하셨어요."

"그랬었군요."

저녁 식사를 끝내고 그릇들을 물 웅덩이에서 씻어다가 놓자, 그는 이제 할 일이 없었다. 어쩔 수 없이 아까처럼 모닥불을 사이에 두고 여인과 마주 앉았다.

여인의 몸에서는 아직도 김이 아지랑이처럼 피어오른다. 비에 젖었던 옷이 모닥불에 마르느라고 그랬다. 옷을 훌훌 벗어서 말리면

걸어서 가는 길

더 빨리 마를 수도 있을 텐데, 그동안에 아무리 아는 사이이기는 해도, 남편이 아닌 다른 사내 앞에서 그러지를 못하는 여인이 그는 마냥 안쓰럽다.

알고 보니, 여인은 틈틈이 한쪽 발과 발목을 주무르고 있다.

"발은 왜 그렇습니까?"

"아까 산에서 내려가다가 다쳤어요."

"아니, 어쩌다가……"

"도중에서 갑자기 비를 만났지 뭐예요. 당황해서 허둥거리다가 그만 미끄러져 넘어졌고, 그럴 때 접질린 모양이에요."

"많이 다쳤습니까?"

"그렇진 않아요. 그러니까 여기까지 되돌아왔죠. 그러나 걸을 때는 아직도 아파요."

"그만 하기를 다행입니다."

무엇인가 조금 생각하던 그가 몸을 일으키려고 하자, 여인이 얼른 물어본다.

"왜요?"

"발목이 접질렸으면 우선 아쉬운 대로 뜨거운 물찜질을 해야 좋을 것 같아서요."

"그래서요?"

"물을 뜨겁게 데우려고……"

그러자 여인이 배시시 웃으며 말한다.

"그럴 것 없어요. 그렇게까지 심하지는 않으니까요. 그 대신에 발목을 조금만 주물러 주겠어요?"

"그러지요."

그는 모닥불을 돌아 여인의 곁으로 다가가 앉는다. 그리고 여인이 뻗어 내민 한쪽 발부터 두 손으로 잡고 조금씩 주무르기 시작한다. 여인의 맨발은 작아서 예쁘다. 이번에는 발목을, 그러나 어디 발목만 아프랴. 그는 이번에는 종아리도 주물러준다. 그러자 여인은 시원하다면서 좀 더 위까지 주물러주기를 바라는 눈치다.

그러나 그는 몹시 당황을 한다. 자신도 모르는 사이에 엉뚱한 생각 속에 빠져 있다. 비록 발과 발목과 종아리이지만, 여인의 살결을 느낀 지가 얼마만인가. 어느 틈에 그의 샅은 뿌듯해져 있었고, 몸도 차츰차츰 불덩어리처럼 달아오르고 있음을 느끼며 그는 깜짝 놀란다.

"댁은 어쩌다가 이곳에 오게 되었나요?"

한쪽 다리를 그에게 내맡긴 여인이 심심한지 그에게 말을 걸었다.

"저 아래 산길로 지나가는데, 바위 위에 앉아 있던 도사님이 느닷없이……"

"우리 도사님, 그런 분이세요."

"그런 분이라니요?"

"어떤 때는 거북하다 싶을 정도로 불쑥불쑥 엉뚱한 말씀을 잘하시고, 하지만 솔직하자, 오히려 그만큼 친근감이 들곤 해요."

"댁에게 무슨 말씀을 하셨는데요?"

"정성을 들이는 동안에는 남편과 멀리 하라. 그러나 젊은 것들이 마냥 참을 수만도 없을 것이니, 보름날, 한 달에 한 번만 관계를 가지라는 둥…… 호호호홋."

걸어서 가는 길

"그런 말씀을······"

"알고 보면 틀린 말씀도 아녜요. 밭이 질면 자칫 씨앗이 썩는다 잖아요. 우리 부부가 여지껏 태기가 없는 것도 밭이 질었는지, 씨 앗이 썩었는지······ 호호호홋."

자신도 모르게 여인의 무릎까지 올라갔던 그의 손은 조금씩 떨리 고 있었다. 더는 위로 오르지를 못하고 망설거리고 있다. 더 오르 고 싶지만 그러지를 못하고, 내려 가고 싶지만 그러기에는 너무나 도 아쉽고, 이러지도 저러지도 못하고 있는 그의 이마에는 어느덧 땀방울이 내비친다. 이럴 경우에 스승이라면 어쩔 것인가. 그는 엉 뚱한 생각을 자꾸 해본다. 여기에서 더 위로 오른다는 것은 어쩌면 너무나도 자연스러운, 아니다, 그것은 죄를 짓는 행위라는 생각이 서로 무섭게 싸운다.

갑자기 그는 여인의 몸에서 손을 떼며 벌떡 몸을 일으켰다. 그리 고 쏜살같이 거적문을 밀치며 동굴 밖으로 뛰어나갔다.

비는 아직도 내리고 있었다.

내리는 비를 맞으며 그는 서 있었다. 그렇게 서서 시뻘겋게 달아 올라 있는 몸을, 불덩어리를 식히고 있었다.

스승이 산을 비운 어느 날이었다.

어떤 여인이 산의 동굴을 찾아왔다. 물론 빈손이 아니었다. 나아 가 서너 살쯤 들어 보이는 사내아이까지 데리고 왔다.

그 사내아이를 본 순간 그는 고개를 갸웃거렸다. 대뜸 어디선가 본 듯한, 꽤나 낯익은 얼굴이었기 때문이다.

어떤 길

아이의 엄마에게 그가 넌지시 물어봤다.

"저 아이는 누굽니까?"

"우리집 아이인데, 왜 물어보나요?"

"물론 부인께서도 이곳을 찾아와서 정성을 들인 끝에 얻은 아이인 모양이로군요."

"그렇답니다."

여인이 더 자랑을 했다.

"소문대로 우리 도사님은 보통 분이 아니랍니다. 모든 것을 이루어주시는 능력을 지니신 분이지요. 소문을 듣고 이곳을 찾아와서 아기를 가지게 해달라고 남들처럼 백일 동안 정성을 들였지만, 처음에는 실패를 했답니다. 그래서 다음 해에 또 찾아와서 보다 더욱 정성을 들이자, 마침내 하늘이 감동을 하셨는지 이번에는 태기가 있어 저 아이를 얻게 된 것이랍니다. 저 아이는 우리집의 삼대 독자이니, 하마터면 대가 끊길 뻔한 집에 큰 경사가 났지요. 그러니 우리 도사님의 은혜를 어찌 잊을 수가 있겠어요. 더구나 저 아이는 우리 도사님을 꼭 닮았답니다. 그러니 더욱……"

"바로 그렇습니다! 그러잖아도 어디선가 본 듯한, 꽤나 낯이 익은 얼굴이라 여겼었는데……"

"그럴 수밖에요."

"왜 그렇단 말입니까?"

"제가 정성을 들이는 동안에, 허구한 날 누구를 머릿속에 두고 기원을 드렸는지 아세요? 아기를 가지게 해달라고, 그러실 바에는 우리 도사님을 꼭 닮은 사내아이라면 더없이 기쁘겠다고…… 그랬

걸어서 가는 길

더니 하늘은 그 소원을 이루어 주셨고, 덕분에 하마터면 대가 끊길 뻔한 집안에는 웃음꽃이 피었고…… 그렇게 된 것이랍니다. 호호 호."

그는 고개를 끄덕거렸다. 여인의 자랑에, 더는 할 말이 없었다.

저녁나절이 되자, 날마다 찾아와서 정성을 들이곤 하는 여인이 먼저 집으로 돌아갔다. 집까지 갈 길이 멀다면서도 도사를 만나보고 가려고 머무적거리던 또 한 사람의 여인도 오늘은 더는 어쩔 수 없다는 듯이 사내아이를 데리고 산에서 내려갔다.

그는 이제 혼자였다.

여인들이 가버리자, 산에는 그만이 남아서 혼자 동굴을 지키고 있었다.

그는 답답한 동굴보다는 그 앞의 펑퍼짐한 바위 위로 나와서 앉았다. 하늘에 달이 둥덩실 밝았다. 이따금씩 바람에 나뭇잎 쓸리는 소리만 들릴 뿐이었다.

그나저나 스승님은 또 어디를 가신 걸까.

그는 스승을 생각했다. 바람처럼 사라졌다가 바람처럼 나타나곤 하는 사람이었다. 무엇 하나 걸리적거릴 것 없이 사는, 하고 싶은 욕 다하고, 마시고 싶은 술 다 마시고, 그러다가 취했다 싶으면 아무 데서나 코를 골며 잠들어 버리곤 하는 자유로운 사람이었다. 그만큼 독선적이고 오만한 사람이었다.

문득 도사를 닮은 그 어린아이의 얼굴이 떠올랐다. 아니, 지금 그런 것이 아니라 진작부터 그랬었다. 동시에 그는 그 아이를 데리고 왔던 그 아이의 엄마를, 그리고 그 여인의 말들을 함께 머릿속에

어떤 길

떠올렸다.

도사를 닮은 그 사내아이……여인이 우리 도사님을 꼭 닮은 사내아이를 낳게 해달라며 백일 동안 기원 끝에 얻었다는 아이였다. 그럴 수가 있을까. 아니, 그럴 수도……그나저나 요즘에 날마다 찾아오는 여인도 그런 생각을 하며 정성을 들이고 있는 것은 아닐까. 혹시 이 마을, 저 마을에는 도사를 닮은 아이들이 더 있는 것은 아닐까. 산을 내려간 스승님은 그런 집들을 짐짓 찾아다니면서 융숭한 대접을 받으며……그럴 리가……그럴 수도……아니……

그의 마음은 어수선했다. 이것저것 혼란스러웠다. 밤새도록 그랬다.

그렇다고 해서 쉽게 풀릴 의문도 아니었다. 결국 스승에 대해서 갈수록 불신만 커질 뿐이라고 여겨졌다.

한마디로, 그것은 배움의 자세가 아니었다. 스승에 대한 예의가 아니었다.

그럴 바에는 차라리……

나그네는 나름대로 가야 할 길이 있다. 그러잖아도, 한 곳에 너무 오래 머물렀었다고 그는 문득 느낀다.

그동안, 많이 쉬었다가 떠나갑니다.

예의에 어긋난 짓이지만, 당장 떠나기로 했다.

그래! 걸어가면서 만나고, 배우며, 또 걸어가고……

또 다른 길

그가 길을 가고 있다.

어제에서 오늘로, 다시 내일로 걸어가고 있다.

길은 누가 만들었을까.

길을 가던 그는 문득 새삼스레 혼자서 중얼거렸다.

누군가가 만들었지. 산길은 그곳에 사는 산짐승들이 만들었지. 들길은 들에 사는 들짐승들이 만들었지.

그렇다면 나그네들은 어느 길로 다니지?

그들은 산길로도 다니고, 들길로도 다니지. 가리지 않고 마구 다니지.

산짐승들, 들짐승들은 그렇고, 나그네들이 따로 만든 길은 없나?

없기는.

있단 말인가?

많지.

많다고?

너무나도 많지.

너무 많다는 것은 없다는 것과 같은데?

그러니까 찾기가 어렵고 힘들지.

어쨌거나, 그것들은 어떤 길인데?

큰 길도 있고, 작은 길도 있고……

큰 길은 어떤 길인데?

크기 때문에, 작은 것들은 다닐 수가 없지.

작은 길은?

작기에, 큰 것들은 다닐 수가 없지.

그렇다면 그대는?

오늘도 걸어가면서 길을 찾고 있는 중이지.

무슨 뜻이야, 그건?

내가 걸어가야 할 길을 찾고 있다는 뜻이지.

찾는다면?

길에서 길을 잃지 말아야겠지.

못 찾는다면?

서쪽 하늘에서, 이미 해는 지고 있을걸.

찾아질까?

찾아봐야지. 아니, 찾아야지!

그가 들길로 들어서자, 마침 저만큼 앞에서 사람들이 걸어가고 있었다. 그들은 세 명이었다.

이런 외진 들길에서 사람들을 만나면 반갑다. 허허롭지가 않아서 좋다. 벗삼아 이야기를 나누며 가도 좋고, 그냥 서로 말없이 가도 좋다. 가까이에 이웃이 있다는 것만으로도 그냥 즐겁다.

그는 저만큼 걸어가고 있는 그들을 새삼스런 시선으로 살폈다.

그들은 흐트러짐이 없는 것으로 보아서는 어찌 보면 일행인 듯도 싶은데, 그러나 서로 말이 없는 것으로 보아서는 아닌 것도 같다. 한 사람은 앞에 서서 걸어가고, 두 사람은 조금 뒤로 떨어져서 가고 있다. 그런데 뒤의 두 사람은 아무래도 예사롭지가 않다. 지팡이의 양쪽을 한 끝씩 나누어 잡고, 이끌고 이끌리며 그렇게 가고 있었다.

들길을 지나자, 마을이 보였다.

마을로 들어가는 길목에 이르자, 앞의 세 사람은 발걸음을 멈추었다. 잠시 쉬어가려나 보다. 아니나 다를까, 지팡이를 한쪽 끝씩 나누어 잡고 가던 두 사람은 길가에 퍼더버리고 앉았고, 맨 앞에서 걷던 사내는 무엇 때문인지 혼자서 마을을 향해 걸어가고 있다.

그도 이쯤에서 그들처럼 잠시 쉬어가고 싶다. 그러나 앉아 있는 두 사람의 곁으로 다가간 그는 흠칫 놀란다. 한 사내는 얼굴이 흉하게 일그러진 문둥병자였고, 또 한 사내는 두 눈이 먼 소경이었기 때문이다.

그들과 좁은 들길을 사이에 두고 마주 앉은 그가 큰 소리로 말을 걸었다.

"맨 앞에서 가던 그분은 여기서 쉬지 않고 왜 마을로 들어갔소?"

또 다른 길

"우리 선생님 말인가요?"

문둥병자가 되물었다.

"그분은 당신의 선생이란 말요?"

"그럼요!"

이번에는 얼른 소경이 대꾸했다.

"어찌된 영문인지 모르겠군."

문둥병자가 어리둥절해 하는 그에게 자랑이나 하듯이 말했다.

"그분은 우리에게 살아가는 방법을 일깨워 주셨지요."

"무엇을 어떻게 말이오?"

"며칠 전에, 배가 고파서 내가 어느 동네로 들어가 이집 저집으로 돌아다니며 비럭질을 하고 있는데, 우연하게도 같은 동네에서 비럭질을 하고 있는 이 사람을 만났지 뭡니까. 보시다시피 나는 문둥병자라서 동네 사람들이 무섭고 더럽다며 그때마다 쫓아버렸는데, 이 사람은 소경이라 동정을 해서 점심 요기를 넉넉히 얻었지요. 그러자 심보가 뒤틀린 나는 동네를 나오다가 화풀이로 엉뚱하게 이 사람을 냇물에 빠뜨렸고, 그러자 이 사람은 길을 잘못 일러줘서 자기를 끝내 물에 빠뜨렸다며 나를 원망하고 있는데, 마침 지나가던 어떤 분이 우리를 보셨지요."

"그래서요?"

"그분은 우리들을 대뜸 알아보시고는 타이르셨지요. 서로 미워하지 말라고. 그러면 너희 두 사람은 다 죽는다고. 그리고는 무슨 볼 일이라도 있는지 어디론가 가버렸지만, 그랬어도 그분의 말은 우리의 마음속에 그대로 남아 있었지요."

걸어서 가는 길

"그래서 어찌 되었소?"

이번에는 소경이 말했다.

"그러자 우리는 서로 미워하면 두 사람이 다 죽는다는 그분 말씀의 뜻을 이러쿵저러쿵 새기어 봤지요. 이 사람이 먼저 묻더군요."

— 서로 미워하면 두 사람이 다 죽는다니, 그게 무슨 뜻일까?

— 글쎄다.

— 나는 두 눈이 멀쩡해서 앞은 잘 보이나 얼굴이 보기 흉한 문둥병자이고, 너는 얼굴은 멀쩡하지만 앞을 볼 수 없는 소경이고⋯⋯

— 알았다! 너도 소경이나 마찬가지다.

— 내가 너처럼 앞을 못 보는 소경이나 마찬가지라고?

— 그렇다.

— 어째서 그러냐?

— 이쪽으로 가라면서 네가 일러준 대로 갔다가, 내가 바로 앞의 냇물을 보지 못해서 물에 빠진 것이나, 너는 조금 후에 닥쳐올 앞날도 보지 못해서 어떤 화를 당할지 모르는 자이니, 결국 우리는 그게 그것 아니냐.

— 듣고 보니, 정말 그렇네.

"그러자 우리는 그 말을 거꾸로 생각해 봤다구요. 그 말씀은 너희 두 사람이 다 살려면 서로를 아껴주라는 뜻이었지 뭡니까! 이후로 우리는 곧 그대로 했다구요. 이 사람은 얼굴이 흉해서 동냥질이 쉽지가 않지만 두 눈이 멀쩡하고, 나는 얼굴은 멀쩡하지만 두 눈이 멀고⋯⋯그러하니 동냥질은 두 사람의 몫을 내가 하기로 하고, 길을 갈 때는 지팡이 끝을 나누어 잡고, 이 사람이 나를 이끌어 주

또 다른 길

고……"

"그랬었군."

고개를 끄덕거린 그가 물어봤다

"그렇다면 당신들은 그분을 언제 다시 만났소?"

"아무리 우리가 그랬어도 동냥질은 쉽지가 않았지요. 가난한 동네나 인심이 고약한 마을이라도 만나면, 동냥 밥이 적어서 우리는 툭하면 굶기가 일쑤였지요. 어제는 그만 너무 배가 고파서 우리가 길가에 기진맥진 누워 있는데, 어디를 다녀오시던 선생님이 그런 우리들을 또 발견하시고는, 우리가 말하지 않았는데도 그 사정을 대뜸 아시고는, 당신이 마을로 직접 들어가서 음식을 얻어다가 우리를 먹이고…… 세상에서 우리를 불쌍하게 여긴 분은 그분뿐이었습니다!"

그는 고개를 끄덕거렸다. 이제야 그들이 함께 동행을 했던 이유를 알게 되자, 그도 그들이 선생님이라고 부르는 그분에게 존경심이 일었다. 나그네는 내 한 몸도 힘겨운데, 그들을 불쌍히 여기며 그렇게 챙기다니……

마을에서 그분은 음식을 넉넉하게 얻어 가지고 돌아와서 문둥병자와 소경을 먹였다. 선생님이 얻어다가 준 음식을 먹은 그들이 감사의 말을 하자, 그분은 그저 조금 웃기만 했다.

얼마 후에 그들은 다시 길을 떠났다. 그도 엉겁결에 그들과 일행이 되었다.

앞에 서서 걸어갈 뿐, 그분은 말이 없었다.

나그네는 하루 동안 가야 할 나름대로의 거리가 있다. 그날 밤에 그들은 묵어갈 집을 찾지 못하자, 다 함께 노숙을 하기로 했다. 바람과 새벽 이슬을 맞으며 한데에서 자기로 했다.

문둥병자와 소경을 사이에 두고 그와 그분은 이쪽과 저쪽에 그들과 나란히 누웠다. 심심한지 문둥병자가 소경에게 어린아이처럼 물어봤다.

"넌 아까 봤니?"

"무엇을?"

"새들이 자기의 둥지로 날아드는 것을."

"봤어."

"네가 그걸 봤다구?"

"난 눈 대신에, 귀로도 보거든."

"하긴 그렇기도 하겠다."

문둥병자가 이어 중얼거렸다.

"넌 가족과 집 중에서, 어느 것이 더 중요하다고 생각하냐?"

"가족."

"왜 그러냐?"

"나를 따스하게 맞아주고 감싸주는 사람들은 아무래도 가족밖에 없었거든."

"그러냐?"

문둥병자의 말에, 이번에는 소경이 물어봤다.

"너는?"

"집이다."

"왜 그렇지?"

또 다른 길

"생각해 봐라. 너나 나나 그날그날 비럭질을 하며 사는 신세다. 우리에게 자기 집만 있었더라도 사정은 달라졌다고 본다. 집도 없이 가난하니까 식구들도 차츰 서로 다투며 화목함이 깨지고……과부 설움 동무 과부가 안다고 했다. 그래서 우리가 서로 돕는 것이고, 선생님이 우리를 가엾게 여기시는 것도, 어쩌면 그런 때문인지도……"

문득 소경이 이어 말했다.

"그나저나 우리 선생님은 이 밤에 어디를 가셨을까?"

"선생님이 지금 우리 곁에 안 계시다고?"

"그래."

"나도 눈치를 못 챘는데, 그걸 네가 어찌 아냐?"

"나는 마음의 눈으로 보거든."

"혹시 우리가 귀찮아서 떠나가신 것은 아닐까?"

"그분은 그러실 분이 아니다. 그럴 분이라면 진작 그러셨을 것이다."

"새들도 보금자리가 있는데, 우리의 선생님은 그런 집도 없는 분 같아. 우리처럼 말이다."

"어쩌면 우리보다 더 외로운 분 같아."

"난 우리 선생님을 존경한다."

"나도 그래."

"어째서?"

"겸손하시니까."

"맞아! 오만하지 않으시니까."

걸어서 가는 길

"넌 어떤 것이 겸손이고, 어떤 것이 오만인 줄 아니?"

"네가 먼저 말해 봐라."

"남으로부터 받은 다음에 주는 것은 오만이고, 준 다음에 받는 것은 겸손이다."

"맞다! 우리 선생님은 바로 그런 분이시다. 먼저 우리에게 베풀자, 우리도 그분을 이렇게 존경하고 있는 것이다. 존경이란 그런 것이다."

그들의 말은 거기서 끝났다. 그러더니 오늘 하루가 피곤했는지, 누가 먼저랄 것도 없이 코들을 골면서 잠들어 버렸다.

그들이 잠이 들자, 그는 슬며시 몸을 일으켰다.

밤하늘에는 달이 밝았다.

둥근달이었다.

저만큼, 그 달을 배경으로 한 사람이 바위 위에 조용히 앉아 있었다. 그렇게 혼자 앉아서 하늘을 바라보며 나름대로 무슨 생각에 잠겨 있었다.

그가 그리고 이끌리듯 다가가자, 올 줄 알았다는 듯이 그분이 혼잣말처럼 말했다.

"잠이 안 오는 모양이로군."

"그래서 이렇게……"

"우리는 머잖아서 헤어질 것일세."

"어째서 그렇습니까?"

"그대가 가야 할 길이 있듯이, 나도 가야 할 길이 있다네."

"그렇다면 저기에서 자고 있는 두 사람은 어찌 됩니까?"

또 다른 길

"그들은 그들과 같은 처지의 무리를 만나, 그들과 함께 갈 것일세."

그가 대뜸 엉뚱하게 물어봤다.

"운명이란 것이 있습니까?"

"있네."

"바꿀 수가 있습니까?"

"가능하지."

"가능하다고요? 그렇다면 바꿀 수도 있다는 말씀이 아닙니까?"

"그러나 어렵지."

"얼마나 어렵습니까?"

"성격부터 고쳐야 하니까."

"탐욕적이거나, 인색하다거나……타고난 성격을 어찌 고칩니까?"

"그러니까 어렵지."

"저도 가능하겠습니까?"

"누구나 가능하지."

"그러려면 어찌 해야 합니까?"

"노력하며 실행해야지. 실천이 더 어렵지."

"뜻을 이룬 자는 몇 명이나 될까요?"

"십만에 하나……"

"겨우 십만 명에 한 명이라고요?"

"백만에 하나……"

"그렇다면 노력해도 거의 불가능하다는……"

"그러나 가능하지."

"선택받은 특정한 사람만이 가능합니까?"

"그런 자가 오히려 불가능할 수도 있지."

그가 또 물어봤다.

"길에서 길을 찾을 수가 있겠습니까?"

"찾아야지."

"어려워서 다른 길로 가면 안 됩니까?"

"마음대로지."

"자기가 찾은 길로 가면 어찌 됩니까?"

"길에서 길을 잃기가 쉽지."

"길에서 길을 잃기가……아예 아니 갈 수는 없습니까?"

"태어나서 걸어야 하는 것이 나그네지."

"앉아서 찾을 수는 없겠습니까?"

"앉아서 생각하는 것과, 걸어가며 생각하는 것은 다르지."

"그 길을 쉽게 찾을 수는 없겠습니까?"

"없네."

"어디에도 지름길은 있지 않습니까?"

"지름길이 허용되지 않는 길도 있다네."

"어떤 것이 바람직한 길입니까?"

"숨을 쉬고 있다고 살아 있는 것이 아니고, 무덤 속에 있다고 죽은 것이 아닐세. 세상에는 살아 있지만 죽은 자와, 죽었지만 살아 있는 자가 있다네. 전자는 오늘 웃고 내일 울지만, 후자는 오늘 울고 내일 웃는다네."

또 다른 길

"무슨 말씀이신지……"

그가 그 뜻을 어려워하자, 그분의 입가에 언뜻 웃음이 내비쳤다.

당장 새기기에는 너무나도 버거운 말을 그에게 던진 그분은 더는 말하지 않았다.

조금 전에 그분이 보였던 그 쓰디쓴 웃음……이 세상에서 가장 고독한 웃음이라고 왠지 그는 그렇게 느꼈다.

다음날, 그들은 또 길을 떠났다.

그분이 앞에 서서 걷고, 여느 때처럼 문둥병자와 소경이, 그가 맨 뒤에 서서 걸어가고 있었다.

그들이 어느 만큼 길을 가자, 길가에 사람들이 모여 앉아 있었다. 하나같이 몸들이 성하지가 않았다. 문둥병자들 몇 명이 자기들끼리 한 무리, 소경들 몇 명은 자기들끼리 따로 무리를 지어, 그렇게 두 무리가 다시 커다란 덩어리의 한 무리를 이루고 있었다.

처음부터 그랬던 건 아닌 듯싶었다. 어느 쪽이 그곳에 있는데, 어느 쪽은 뒤에 왔든가, 아니면 서로 무리지어 지나치다가, 그곳에서 우연히 만난 것 같았다.

그들은 이쪽의 일행을 지켜보다가, 그들 중의 한 명이

"어어, 저 사람들 중에 우리 같은 자들도 끼어 있네!"

이어 큰 소리로 말했다.

"너희들은 우리랑 함께 지내야 어울린다. 그래야 마음이 더 편하다. 안 그러냐?"

그 말에, 여지껏 지팡이의 한쪽 끝을 잡고 오던 문둥병자와 그에게 이끌리며 걸어온 소경이 잠시 머뭇거렸다.

그러자, 그분이 두 사람에게 부드럽게 말했다.

"저 사람의 말이 옳다. 이미 너희 두 사람은 마음이 움직였다. 그들에게로 가거라."

"선생님, 그동안 고마웠습니다!"

문둥병자가 허리를 굽혀 인사를 하자,

"선생님, 안녕히 가세요!"

소경도 울먹거리며 그분에게 인사를 했다.

"그들과 잘 지내거라."

그분은 이내 돌아서서 걸었다. 문둥병자와 소경이 그 무리 속으로 가버리자, 이제는 그분과 그뿐이었다.

뒤에서 혼자 걸으며 그는 생각했다.

어젯밤에 그분은 말했었다. 머잖아서 우리는 헤어진다고. 그렇다면 저기에서 자고 있는 두 사람은 어찌 되느냐고 물어보자, 그들은 그들과 같은 처지의 무리를 만나 그들과 함께 살 것이라고. 그렇듯 내일을 알고 있었고, 그리고 조금 아까는 그 말대로 되지 않았는가!

어서 따라오라는 듯 앞의 그분이 조금 천천히 걸어가자, 얼른 뒤따라 간 그가 그분과 나란히 걸으며 물어봤다.

"선생님, 궁금한 것이 있습니다."

자신도 모르게 그가 선생님이라고 부르자, 그러나 그것을 크게 마음에 두지 않고 그분이 중얼거렸다.

"이제 그대와 나는 언제 헤어지느냐, 이거겠지."

또 다른 길

"그, 그렇습니다."

조금 생각하던 그분이 중얼거렸다.

"더 가면 갈림길이 나타난다네, 그러나 그다음 갈림길까지는 함께 가도 좋네. 길동무 삼아서 그러기로 하지."

"고맙습니다!"

허락을 받자, 그는 허리를 굽혀 그분에게 절을 했다. 선택을 받은 듯 기뻤다.

그분은 부드러운 음성, 부드러운 표정으로 말했다. 그러나 그 목소리와 표정에는 상대방이 거역할 수 없는 어떤 힘이 담겨 있었다. 보이지 않는 그 힘이 그때마다 그의 마음속으로 파고들어 새겨지곤 했다.

"조금 전에 선생님은, 더 가면 갈림길이 나타난다고 하셨습니다."

"그랬지."

"그런데, 만약에 그 갈림길이 이쪽은 넓은 길, 저쪽은 좁은 길일 때, 그땐 어느 길로 가야……"

"좁은 길로 가게나."

"좁은 길이란 무엇입니까?"

"진리로 통하는 길이지."

"어떤 것이 진리입니까?"

"거짓을 싫어하고, 거짓을 미워하고, 거짓이 아닌 것이 진리이지. 하늘의 뜻이지."

그분이 말을 이었다.

"진리에 어긋나면 마음도 그만큼 자유롭지가 못하지. 어긋나면 어긋난 만큼 그것에 얽매여 마음이 불안하고 괴롭지. 그대가 그대를 속일 수는 있어도 하늘을 속일 수는 없지. 하늘은 각자에게 양심을 주셨지. 진리의 자물쇠는 양심의 열쇠로만 열리지."

"쉽고도 어렵습니다."

"어렵고도 쉽고, 진리란 그런 것이지."

그분이 더 말했다.

"신분이 아주 높은 어떤 관리가 있었네. 그는 부하들의 잘못은 작은 것이라도 찾아서 엄격하게 다스렸네. 부하들은 불평을 하면서도 마음속으로는 그게 당연하다면서 그를 존경했네. 그러나 그 높은 자는 알고 보면 그렇지도 않았지. 남 몰래 뇌물질을 하곤 했거든."

"하하하."

"그런 사실을 부하들은 몰라도, 자기 자신만은 잘 알고 있었지. 그는 겉으로는 태연한 척했어도 뇌물질이 들통이 날까봐 그때마다 마음이 불안했지. 뇌물이 클수록 더욱 그랬지. 그러다가 신경쇠약에 걸렸고, 결국은 정신병자가 되고 말았다네."

"저 하늘에 고백을 했더라면, 앞서 그는 그런 짓부터 하지 말았어야 했습니다."

"그는 그랬더라면 마음이 자유로웠을 것일세. 죄를 짓지 말게나. 그 죄는 자기를 구속하고, 끝내는 자기를 삼키고 만다네. 욕심을 버리게나. 모든 죄는 욕심에서 나온다네. 자만하지 말게나. 모든 욕심은 자만에서 비롯된다네."

"무슨 말씀인지 알겠습니다."

조금 후에, 그가 또 말했다.

"선생님!"

"말하게."

"선생님은 그 문둥병자와 소경을 어떻게 그렇듯 친절하게 돌보실 수 있으셨습니까?"

"그들이 이야기를 한 모양이군."

"자랑삼아 그들이 그랬습니다."

"내가 잘못했다는 말인가?"

"천만에요!"

"가난은 자랑은 못되어도 죄가 아니라네. 문둥병자도 소경도 마찬가지라네. 그들은 다만 가진 것이 없고, 몸이 온전치 못하다는 것뿐이지. 그런데도 사람들은 그들에게 손가락질하고, 가까이 하기를 꺼리며 마치 죄인 취급을 하지. 죄가 아닌 것을 죄라고 손가락질하는 자들이 죄인이지."

그분이 더 말했다.

"세상에서 멸시당하고 천대받는 그들은 상처받은 어린 들짐승과 같지. 내가 그 상처를 치유해 주었다고 해서 잘못은 아니잖는가. 심하게 상처받은 그들의 마음은 들꽃과도 같지. 그들을 멸시하고 천대하는 자들일수록 마음은 썩은 고기와도 같지."

"선생님은 너무 정이 많고 너무 겸손하십니다."

그러자 그분이 말했다.

"남을 미워하면 안 되네. 증오하면 안 되네. 그것들은 하면 할수

걸어서 가는 길

록 눈덩어리처럼 커진다네. 그것은 바윗덩어리처럼 위험하고 칼끝처럼 날카로워서 오히려 자기가 그것에 다친다네. 교만하면 안 되네. 교만한 자는 그 교만함 때문에 망한다네."

그분이 문득 그에게 물어봤다.

"산과 그 산의 나무들은 누가 누구를 섬겨야 하는가?"

"그야 은혜를 입은 나무들이 은혜를 베푼 산을 섬겨야 마땅합니다."

"아니, 그렇지가 않네. 나는 그 반대일세."

그분이 또 물었다.

"그대는 바다가 왜 존경을 받는지 아는가?"

"그건 넓고 크기 때문입니다."

그분이 그를 돌아다보았다. 그는 그 뜻을 얼른 알았다. 바다가 왜 존경을 받는지를 좀 더 말해 보라는 뜻이었다.

조금 생각하던 그가 곧 입을 열었다.

"그것은 바다가 가장 낮은 데에 있기 때문입니다. 산골짜기들의 물은 흘러내려 냇물을 이루고, 냇물들은 흘러내려 강을 이루고, 그 강들은 흘러내려 바다를 이룹니다. 그런데도 높은 곳에 있는 산골짜기들의 물이, 냇물들이, 강물들이 가장 낮은 곳에 자리한 바다를 흠모하는 것은, 바다가 그만큼 너그럽고 겸손하기 때문입니다. 마찬가지로, 남들로부터 높임을 받으려면 자기 몸을 낮춰야 합니다. 겸손해야 합니다."

그분은 빙그레 웃었다. 그의 대답에 만족해 하는 웃음이었다. 애정이 가득한 어조로 그분이 그에게 말했다.

또 다른 길

"남들로부터 섬김을 받으려면 먼저 남들을 섬겨야 하네."

"명심하겠습니다!"

저만큼 갈림길이 보였다.

얼핏 보아도 하나는 길이 넓고, 하나는 길이 좁았다. 넓은 길 쪽으로는 술집들이며 화려한 집들이며 사람들이 북적거렸다. 좁은 길은 그만큼 사람들의 내왕이 드물었다.

그는 넓은 길을 외면하고 좁은 길로 들어섰다. 길을 가다가 갈림길이 나타나면 어느 길로 가야 하느냐고 그가 물어보자, 스승(어느 때부터인가 나그네는 그분을 그렇게 생각했다)은 말했었다. 좁은 길로 가라고. 그것이 진리로 통하는 길이라고.

그분은 제자(그분도 어느 때부터인가 나그네를 그렇게 생각하고 있었다)의 총명함에 다시금 만족한 웃음을 지으며 좁은 길로 들어서서 함께 걸었다. 그들은 이제는 스승과 제자였다.

"그대는 '빛의 나라'에 대해서 아는가?"

"빛의 나라라고 하셨습니까?"

"그렇다. 빛의 나라!"

"그곳은 어떤 곳입니까?"

"어떤 곳이라고 생각하는가?"

한동안 생각하던 그가 말했다.

"혹시, 그곳은 진리의 나라가 아닙니까?"

"그렇다. 그곳은 진리로 가득한 나라이다. 진리가 아닌 것은 그곳에서는 티끌 하나라도 발붙이지 못한다."

스승이 물어봤다.

걸어서 가는 길

"빛의 나라는 또 어떤 곳인가?"

그는 이번에는 보다 빨리 대답했다.

"그곳에는 육신의 고통과 슬픔이 없습니다."

"또 말해 보라."

"그곳에는 미움도 없습니다."

"또 말해 보라."

"그곳에는 증오도 없습니다. 시기와 질투도, 싸움도, 살인도, 전쟁도…… 한숨도, 눈물도……"

"그렇다! 그곳은 그러하다."

스승이 또 물어봤다.

"그렇다면 그곳은 얼마나 아름다운가?"

그러자 그는 곧 대답했다.

"노래가 시냇물처럼 흐르고, 사랑으로 가득하고, 부족함이 없이 풍족하고……"

"그곳은 그런 곳이다."

이번에는 그가 물어봤다.

"선생님, 그러나 그런 곳이 있겠습니까?"

"있다!"

"그렇다면 저도 그곳에 갈 수가 있겠습니까?"

"갈 수 있다."

"어떻게 하면 그리로 갈 수가 있겠습니까?"

"그곳은 '빛의 계단'으로 올라가야 한다."

"빛의 계단—이라고 하셨나요?"

또 다른 길

"그렇다. 빛의 계단!"

스승이 고개를 끄덕거렸다.

"빛의 계단은 어떻게 생겼습니까?"

"그러나 쉽지가 않다."

"무슨 말씀이신지……"

고개를 갸웃거리는 제자에게 스승이 물어봤다.

"빛의 계단이 어떻게 생겼는지 그대가 먼저 말해 보라."

그러나 그는 머뭇거렸다. 스승이 말하는 빛의 계단이 어떻게 생겼는지 도무지 알 수가 없었다. 보기는커녕 들어보지도 못했기 때문이다.

그가 그러하자, 스승이 말했다.

"지금 우리가 가고 있는 이 길도 빛의 나라로 통하는 계단이다."

그 순간, 무엇이 그의 머릿속을 후려치며 지나갔다.

좁은 길!

이 길은 그랬다. 넓은 길이 아니고 좁은 길이었다. 갈림길에서 택한 길이었다. 넓은 길을 외면하고, 버리고 온 길이었다.

이후로 스승은 빛의 계단을 오르기 위한 마음과 행위 등 지켜야 할 여러 가지를 그때마다 비유를 들어가며 들려주었다. 한 계단, 한 계단을 오르기가 쉽지 않다고 스승은 말했다. 무엇보다도, 겸손하지 않으면 결코 오를 수 없는 계단들이라고 일러주었다.

저 앞에 또 갈림길이 보였다.

두 사람은 그 갈림길 앞에서 걸음을 멈추었다.

스승의 말대로라면, 두 사람은 이곳에서 헤어져야 했다.

걸어서 가는 길

"선생님, 두 번째의 갈림길입니다."

"그렇다."

"선생님과 저는 여기서 꼭 헤어져야만 합니까?"

"그럴 수밖에 없다."

"우리가 지금 헤어지면, 선생님은 어디로 가십니까?"

"나에게는 아직 내가 가야 할 길이 있다."

"그 길은 어떤 길입니까?"

"어서 그대의 길로 떠나가라."

그는 알고 있다. 아무리 동행하려고 해도 그럴 수가 없다는 것을, 가야 할 길이 아직은 서로가 다르다는 것을 어렴풋이 느끼고 있었다.

그가 작별 인사를 하려고 하자, 스승이 말했다.

"그냥 떠나가라."

"왜 그렇습니까?"

"우리는 아주 헤어지는 것이 아니다. 먼 훗날, 우리는 다시 만나게 될 것이다."

"아!"

그는 그게 언제인지, 어디인지, 더는 물어보지 않았다. 언젠가는 스승과 다시 만날 수 있다는 것이, 지금은 그게 그저 기뻤기 때문이다.

스승과 헤어진 그는 지금 혼자서 걸어가고 있다.

길을 가면서, 그는 문득 스승의 말들이 머릿속에 떠올랐다. 헤어

또 다른 길

지기 직전에 스승은 아무래도 미덥지가 않은지 새삼스레 그에게 당부했었다.

늘 깨어 있으라고, 그러면서 빛의 계단을 생각하라고! 무엇보다도 겸손하라고!

"빛의 나라에 들어가기 위해서는 그럴 수밖에 없잖습니까."

그가 그러겠다고 얼른 다짐을 하자, 스승이 웃으면서 말했다.

"쉬운 듯 어렵고, 어려운 듯 쉬운 것이 진리이다. 쉬운 듯하지만, 내가 한 그 말들은 어렵다. 마지막의 그 말은 더욱 그러하다."

"겸손하라는……"

"쉬운 듯 쉽지가 않다."

"그야 쉽지가 않다는 것은 알고 있습니다만……"

"쉬울수록 어렵다."

"쉬울수록 어렵다니요?"

"가장 쉬운 것이 가장 어렵다."

"왜 그렇지요?"

그 대답을 더 듣고 싶었지만, 그러나 스승은 더는 말해 주지 않았다. 그저 빙긋이 웃기만 할 뿐이었다. 그 해답은 네가 스스로 터득하라는 의미였다.

그것보다도 그는 궁금한 것이 더 있었다.

"선생님은 이런 말씀을 하셨습니다. 살아 있지만 죽은 자와, 죽었지만 살아 있는 자가 있다고요."

"그랬었지."

"무슨 말씀이었습니까?"

"알게 될 날이 있다."

"먼 훗날, 우리는 다시 만나게 될 것이라고 말씀하셨습니다. 그때가 어느 때입니까?"

"내가 어둠의 무리들에게 고난을 당할 때이다."

"어둠의 무리들이라고요?"

"그렇다."

"어둠의 무리들은 누구이며, 선생님은 왜 그들에게 고난을 당하신다는 것입니까?"

"그들은 살아 있지만, 죽은 자들이다."

"그나저나……도대체 그날이 언제입니까?"

"아직은 때가 아니다."

"그 어둠의 무리들에게 고난을 피하실 수는 없겠습니까?"

그러나 스승은 입가에 웃음을 내비칠 뿐 더는 말하지 않았다. 처음 만났던 날 밤에 보였던 그 쓰디쓴 웃음이었다. 그러자 그도 그날 밤처럼 더는 물어보지 않았다. 그게 무엇을 의미하는 웃음인지, 그날이 언제인지 지금으로서는 그저 기다릴 수밖에 없었다.

스승과 헤어진 갈림길이 멀어질수록, 시간이 지날수록 그는 혼자임을 더욱 진하게 느꼈다.

그것은 허전함이었다.

스승과 헤어지자, 그의 마음은 그만큼 텅 빈 듯이 허전했다. 선생님은 지금 어디쯤 가셨을까. 당장이라도 되돌아가서 그분이 간 길을 뒤쫓아가고 싶었다. 그러면, 만날 수 있을 것도 같았다. 그러나 스승은 반가워할 것 같지가 않았다. 저마다 가야 할 길이 있다면

또 다른 길

서, 너는 아직은 너의 길로 가라면서 쫓다시피 떠나보낸 스승이었기 때문이다.

그리고, 그것은 허전함 못잖은 해방감이었다.

스승과 동행하는 동안, 그는 스승의 앞에서는 스스로 작아졌고, 그만큼 조심스러웠다. 그것은 스승이 강요한 것이 아니었다. 제자로서의 자세였다. 그러나 지금은 그게 아니었다. 그분은 지금 이곳에 없다. 그러자 어떤 속박감에서 벗어났다는 야릇한 해방감을 느꼈다. 어쩌면 그것은 즐거움이며 어떤 자신감이었다.

그는 그 허전함을 메우기로 했다. 그 방법을 찾았다. 시간이 오래 걸리지 않았다.

나도 그분처럼 살아가자!

그것이 스승에 대한 그리움과 그분과 헤어진 허전함을 메우는 길이었다. 그것이 스승과 함께 있으면서, 함께 가는 길이었다.

지금 그는 자신감으로 가득했다.

걸어서 가는 길

그 여인

나그네는 외롭다. 혼자라서 늘 외롭다.

길에서 다른 나그네를 만나면, 그래서 더없이 반갑다.

처음에는 벗삼아 그저 함께 걷다가, 누가 먼저랄 것도 없이 서로의 방향을 은근히 물어보고, 방향이 같으면 더욱더 반갑고, 그러나 끝까지 동행하지는 못한다. 나그네들은 목적지가 같더라도 어떤 이는 곧장 가고, 어떤 이는 지름길, 어떤 이는 먼 길로 돌아서 가기 때문이다.

그들이 헤어지는 곳은 갈림길이다.

스승과 헤어진 그는 지금 혼자 걸어가고 있다.

너무 외로웠기 때문일까, 그는 문득 노래를 흥얼거렸다.

나그네는 길을 만들고

길은 나그네를 만든다네.

나그네는 길,

길은 나그네라네.

길과 나그네는 하나이기에

길이 있어 나그네는 덜 외롭다네.

그는 앞으로 곧장 걸었다.

헤어진 스승이 머릿속에 떠오를 때마다, 그는 새롭게 마음을 다졌다. 자기도 스승처럼 겸손하며 남들에게 베풀며 살기로 했다.

베풀자면 앞서 베풀 것을 가지고 있어야 한다. 보다 앞서 남들을 그만큼 사랑해야 하며, 이런 것들은 근본적으로 자기의 욕심을 내려놓을 때라야 비로소 가능하다. 하기에 욕심을 버리고, 이웃을 사랑하고, 가진 것을 나누고……그러나 가장 중요한 것은 무엇보다도 그 실천이다.

그는 그렇게 살기로 마음을 굳혔다. 어렵지 않다고 여겼다. 얼핏 쉬운 듯 어렵게 보이지만, 그는 어려운 듯 쉽다고 여겼다. 너무 쉽자, 사람들은 오히려 겁을 먹고, 그러자 지레 어렵다고 느낄 뿐이라고 여겼다. 지금까지 길을 걸어간 수많은 나그네들을 그는 비웃었다. 생각뿐이었던, 마음뿐이었던 그들을 그는 비웃었다. 그는 남들로부터 비웃음을 당하지 않을 자신이 있었다.

겨울철이면 나그네는 무엇보다 추위가 고통스럽다. 그 추위로부터의 고통도 피하고 지친 몸도 의탁할 겸 그는 얼핏 눈에 띄는 길거리의 상점으로 들어갔다. 번듯한 빵 가게였다. 이곳에 일자리가 없겠느냐고 물어보자, 그러잖아도 종업원이 갑자기 그만두어서 마침 마땅한 사람을 구하려던 참이라며 주인이 선뜻 허락을 했다.

주인인 남편이 직접 빵을 반죽하여 굽고, 그의 아내는 계산대에서 돈을 받았고, 딸은 손님들에게 빵이 담긴 접시를 날라다가 주곤 했다. 그에게 주어진 일거리는 여러 가지였다. 이것저것 주인의 빵 굽는 일을 돕기도 하고, 주방에서 접시들을 설거지도 해야 하고, 손님이 많아서 딸이 바쁠 때에는 그녀를 도와 빵 접시를 나르기도 하고, 영업이 끝나면 가게의 식탁들과 바닥을 청소하는, 말하자면 이것저것 잡일이었다.

그러나 그는 불평하지 않고 열심히 일했다. 그러면서도 그는 주인의 빵 만드는 기술을 틈틈이 곁눈질로 익혔다. 그리고 그는 나이가 몇 살이나 연상이었지만, 아직도 젊고 누구보다도 친절한 주인집 딸을 위해서라도 자기가 더 바빠야 한다고 생각했다. 그녀를 더 도와주고 싶었다. 왠지 그러고 싶었다.

"자네는 눈썰미가 있어서 기술을 빨리 익히겠어. 내 말이 틀리나 두고 보게!"

주인은 그를 새삼스레 칭찬했다.

칭찬이란 어느 때, 누구에게 들어도 기분 좋은 것이었다. 그는 주인의 전에 없던 칭찬을 듣자, 몹시 기뻤다. 그러잖아도 이 제과점은 빵을 아주 잘 만든다고 먼 지역에까지 소문이 난 집이었다. 빵의 맛이 남달라서 입맛이 까다로운 손님들이 짐짓 멀리서 찾아오기까지 할 정도였다. 주인의 그런 빵 만드는 기술을 익혀두면, 앞으로 도움이 되면 되었지 손해될 것은 하나도 없었다.

　　　　　　　　　　　　　　그 여인

그는 이 빵집에서, 어느 때부터인가 야릇한 버릇이 생겼다. 일을 시작한 지 얼마쯤 지난 뒤부터 길들여진 습성이었다.

대부분의 손님들은 자기가 먹을 수 있을 만큼의 빵을 주문하지만, 그렇지 않은 사람들도 있었다. 욕심을 부려서 많이 주문했다가 다 먹지를 못하는, 이것도 조금, 저것도 조금 뜯어먹다가 그대로 남기고 가버리는 경우도 있었다. 그런 손님들이 많은 날도 있었고, 그럴 때마다 그 남겨지는 빵조각들은 음식물 쓰레기통으로 들어가 버렸고, 그러면 그것은 돼지들의 먹이가 되었다.

그는 그것이 아까웠다. 비록 남들이 먹다가 남겼을망정 그것은 아직도 깨끗한 음식이었다. 그때마다 떠오르는 사람이 있었다. 오래전에 헤어진 스승이었다. 그리고 그분이 얻어온 음식을 받아먹곤 하던 그 문둥병자와 소경이었다. 어떤 음식이라도 좋으니 남은 것이 있으면 달라면서 누가 가게의 문밖에서 도움을 청할 것만 같았다. 스승이 가게의 문을 열고 구걸을 청할 것만 같아서, 그는 자신도 모르는 사이에 그쪽으로 시선이 갈 때도 있었다.

그는 버려진 빵 조각들 중에서도 칠칠하다 싶은 것들은 따로 보관하기 시작했다. 그리고 하루에 한 번씩 어김없이 찾아오는 거지 아이에게 내어주곤 했다. 그러고 나면 그의 마음은 흐뭇했고, 그만큼 하루가 즐거웠다.

눈치를 챈 주인집 아내가 하루는 중얼거렸다.

"자네가 그런다고 그 녀석(거지 아이)이 고마워할 것 같아?"

"그 아이의 표정은 그때마다 그랬습니다."

"겉으로는 그러겠지만, 마음속으로는 투덜거릴 거라구. 이왕이면 온전한 빵을 달라면서 말야."

"그걸 어찌 아십니까?"

"흥! 그 녀석들은 그렇다구."

주인 여자는 시큰둥 콧방귀를 뀌었다. 그러니 앞으로는 그런 녀
석들에게 주지를 말고, 차라리 돼지 먹이로 주는 것이 더 낫다는
뜻이었다.

그러나 그는 주인 여자의 말을 한쪽 귀로 흘려보냈다. 그녀가 그
러거나 말거나, 그는 그 버릇을 지켜나갔다.

하루는 그 거지 아이가 찾아오지 않았다. 비록 달갑지 않은 손님
이긴 하지만, 때를 맞춰서 날마다 단골로 찾아오곤 하던 아이가 그
러하자, 그는 고개를 갸웃거렸다. 그런데 그 아이는 다음날도, 그
다음날도 그랬다.

그는 차츰 궁금했다. 이 아이가 병이라도 난 것은 아닐까, 그는
은근히 걱정까지 했다. 그 아이는 한 주일이 지났어도 빵집 문 앞
에 나타나지 않았다. 그러자 그는 이제는 가게의 일을 모두 끝내고
밤에 잠자리에 들어서도, 그 아이를 생각할 정도였다.

이윽고 그는 그 아이를 이쪽에서 직접 찾아가기로 마음먹었다.
그 아이가 어디에서 사는지를 몰랐지만, 알려고만 하면 전혀 불가
능한 일도 아니라는 생각이 들었다.

그래서 그에게 누구보다도 친절한 주인집 딸에게 다음날 은근히
물어보자, 눈치를 챈 그녀는 그 아이의 거처를 나름대로 일러주었
다. 이 지역의 먼 변두리에는 바위산이 있는데, 그곳에는 많은 거
지들이 모여서 살고, 보나마나 그 아이도 그곳에서 살 것이라고 말

했다.

가게가 문을 닫고 쉬는 날이었다.

그는 그동안 수북하게 모아진 빵 조각들에다가 온전한 것들도 몇 개를 더 얹은 큰 봉투를 들고, 사람들에게 길을 물어가며 그 바위산을 찾아갔다.

바위들이 많은 그 산은 외지고 쓸쓸했다. 산 밑자락의 이곳저곳에는 많은 동굴이 뚫려 있었고, 그들은 그 속에서 살고 있었다. 이따금 밖으로 나온 그들의 옷차림은 하나같이 남루했다. 지팡이에 몸을 의지한 채 불편하게 걷고 있는 자들도 있었다. 어른들도 있었고, 아이들도 눈에 띄었다.

마침 만난 한 아이에게

"애야, 난 이곳으로 누구를 찾아왔는데, 네가 좀 도와주겠니?"

그가 물어보자,

"누군데요?"

의아해 하며 아이가 되물었다.

"너와 같은 또래의 아이다."

"도와주고 싶지만, 이곳에서는 아무도 함부로 행동할 수 없어요."

"함부로 행동할 수가 없다니?"

"먼저 허락을 받아야 해요."

"누구한테?"

"우리 대장님한테요."

그러니 그의 허락부터 받으라는 것이다. 아이의 말대로라면, 이곳에도 나름대로의 엄격한 규율이 있었다. 그 아이의 안내를 받으

걸어서 가는 길

며 그는 한 동굴 속으로 들어갔다. 생각보다 동굴은 꽤 깊었다. 그리고 이리저리 동굴의 갈래길이 열려 있었다.

어두침침한 동굴 속에서 만난 대장에게 그가 여기까지 찾아온 이유를 말하고 빵 조각들이 담긴 큰 봉투를 건네주자, 봉투 속에서 얼른 성한 빵 몇 개를 자기 몫으로 따로 챙긴 대장이 혼잣말처럼 투덜거렸다.

"여기까지 오느라고 수고는 했는데 말씀야……"

"무엇이 잘못됐습니까?"

"이왕 올 바에는 성한 것들을 더 많이 가져올 것이지. 안 그렇수?"

"보시다시피, 다른 것들도 성한 것과 다름이 없습니다."

"아니지."

"아니라면?"

"다르지! 생각해 보슈. 이것들이 온전한 빵들이라면 당신이 여기까지 가져왔겠수? 가게에다가 놓고 팔지. 안 그렇수?"

"나는 그 아이를 생각하며 여기까지 가지고 왔습니다. 그런 성의를 생각해서라도 당신의 말은 조금 지나치지 않습니까?"

"비록 우리가 이런 곳에서 살망정 우리한테도 자존심이 있다는 걸 아시우."

"그렇다면 내가 큰 실수를 했군요."

일그러진 표정으로 그가 말하자, 조금 수긋해진 어조로 대장이 말했다.

"어쨌든 고맙수. 당신이 찾아온 그 아이는 지금 병이 나서 앓고 있수. 이 봉투는 내가 알아서 처리할 테니, 두고 가구려."

그는 동굴 밖으로 나왔다.

밖은 밝았지만, 지금 그의 마음은 동굴 속만큼이나 어두침침했다.

되돌아오는 발걸음은 가볍지가 않았고, 마음만큼이나 무거웠다.

알고 보면, 그들 대장의 말도 전혀 틀린 것은 아니었다. 그들은 그렇게 생각할 수도 있었다. 그들에게도 마지막 자존심이 있을 수도 있다. 그들의 대장은 적은 것에는 별로 달가워하지 않았다. 고마워하기는커녕 비아냥거리기까지 했다. 아마 이쪽에서 가지고 간 것이 훨씬 많았더라면 사정은 달랐을 것이다. 진심으로 크게 고마워했을지도 모른다. 한마디로, 적은 것을 베풀면 받는 쪽에서는 이를 모욕으로 느끼며 코웃음친다. 겉으로는 드러내지 않는다고 해도, 마음속으로는 그럴 것이 틀림없었다. 결국, 많을수록 좋은 것이었다.

문득, 그들은 그런 녀석들이라던 주인집 아내의 말이, 이어 헤어진 스승의 얼굴이 떠올랐다. 이럴 때, 선생님이었다면 어떠했을까, 그는 생각했다.

동굴 속에서, 그는 대장의 말이 불쾌해서 더는 참을 수가 없었다. 내가 큰 실수를 했다며 사과를 하면서도, 그 표정은 잔뜩 일그러져 있었다. 하기에 그 사과는 진정한 사과가 아니었다. 그러나 선생님이었다면, 표정이 일그러지지 않았을 것이고, 그 사과도 진심에서 우러나왔을 것 같았다.

쉬운 듯 쉽지가 않았다. 어려웠다.

그것이 스승과의 차이였다. 가까운 듯하면서도 먼 차이였다. 스

걸어서 가는 길

승을 좇기에는 아직도 거리가 너무 멀다고, 그는 스스로 얼굴을 붉혔다. 스승을 떠올리며 스스로를 부끄러워하면서도, 그러나 그는 아직도 불쾌한 표정이었고, 마음은 여전히 성이 가시지를 않고 있었다.

빵 가게는 큰 길가의 바깥채였고, 그들이 사는 살림집은 그 안채였다. 가게의 작은 뒷문을 열면, 바로 벤치가 놓여진 안채의 뜰로 이어졌다. 식구들은 그 안채에서 살았고, 그곳의 방들의 하나가 그의 거처였다.

밤이 늦어 손님들이 더는 찾아오지를 않을 때면, 그는 가게의 문을 닫고 바닥을 청소하기 시작했다. 술을 좋아하는 주인집 남자는 오늘의 자기 일이 끝났다 싶으면 기다렸다는 듯이 어디론가 술을 마시러 나가버렸고, 주인집 여자는 하루 종일 손님들로부터 받은 돈을 챙겨 들고 안채로 사라졌다.

오늘도 마찬가지였다.

지금 가게에는 그와 주인집 딸뿐이었다. 딸은 남아서 그를 도와 가게의 탁자들을 물걸레로 닦고, 가지런히 정돈하고 있었다. 다른 날 같았으면 지금쯤 안채로 들어가서 피곤한 몸을 쉬고 있을 것이지만, 여느 날과는 달리, 가게에 남아서 그의 일을 도와주고 있었다.

그러나 그는 그녀를 아랑곳하지 않았다. 자기 생각에 젖어 있었기에, 그럴 틈이 없었다. 그 바위산을 다녀온 후로, 그의 표정은 전 같지가 않았다. 말수가 줄어들고 표정은 흐린 날이 많았다. 잊으려고 해도, 그 거지 대장의 말들이 자꾸만 머릿속에 떠올랐다. 그럴 때마다 불쾌했고, 그건 곧 표정에 나타났다. 헤어진 스승을 그때마다 떠올리며 미움을 애써 지우려고 해도, 그러나 이제는 그것도 큰 힘이 되지를 못했다. 별로 소용이 없었다. 오히려 그럴수록 미운 감정은 눈덩이처럼 자꾸 커지기만 했다.

그런 그의 표정을 누구보다도 재빨리 읽은 사람은 주인집의 딸이었다. 아니나 다를까, 가게에 남아서 지금까지 그의 일을 돕던 그녀가 나긋한 어조로 말을 걸었다.

"바위산에서, 무슨 일이 있었나요?"

"무슨 일이라니요?"

"당신이 달라져서 그래요."

"무엇이 그렇다는 건가요?"

"그 바위산을 다녀온 후로……틀림없어요!"

그녀가 다그치듯 재우쳐 물어봤다.

"그곳에서 무슨 일이 있었지요? 그렇죠?"

이쯤 되자, 그도 하는 수가 없었다. 누구에겐가 말을 하고 나면, 그만큼 마음이 가벼워질 것 같았다. 잔뜩 고여있는 물을 쏟아버리면 가슴이 확 뚫릴 것만 같았다.

바위산에서 있었던 그의 이야기를 조용히 다 듣고 난 그녀가 고개를 끄덕거렸다.

"당신의 기분을 알 만해요. 누구라도 거기에서 그런 말을 들었다면, 모욕처럼 들렸을 거예요. 어떤 배신감마저 느꼈을 거예요."

"나는 그 바위산을 죽을 때까지 잊지 못할 것 같습니다."

"그러나, 잊어버리세요."

"그럴 수만 있다면, 얼마나 좋겠습니까."

"그건 어렵지 않아요."

"어렵지가 않다니요?"

놀라는 그에게, 그녀가 웃으면서 말했다.

"사람들은 쉬운 걸 가지고 괜히 어려워해요."

"그게 무슨 뜻이죠?"

"당신이 찾아간 것은 그 아이이지, 그들의 대장을 만나러 간 건 아니잖아요."

"그건 그렇지만……"

"더 바라지 마세요. 그러면 마음도 그만큼 괴로워요. 버리면 곧 편해질 거예요."

무엇이 번쩍 그의 머릿속을 후려치며 지나갔다. 그것은 번갯불처럼 빨랐다.

"당신의 말이 옳습니다."

그는 고개를 끄덕거렸다.

그녀의 말은 놀랍게도 큰 힘을 나타냈다.

그의 마음속에서 조금 전까지 꿈틀거리던 미운 감정이 차츰 고개를 숙이기 시작했다. 불씨로 남아서 다시금 되살아나곤 하던 불꽃이 눈이라도 녹듯이 차츰 스러지고 있었다. 나아가 그녀를 통해서 어떤 평온함과 안도감을 동시에 느꼈다.

헤어진 스승의 가르침을 떠올리는 것보다, 지금은 곁에 있는 그녀의 말이 더 컸다. 기지 대장으로부터 받은 마음의 상처가 아무는 듯싶었다. 어쩌면 그것은 상냥한 그녀의 정다움 때문이었다.

그녀가 웃으면서 두 손을 뻗어 그의 두 손을 잡았다. 엉겁결에 그도 그랬다. 그녀의 체온이 그의 손으로 따뜻하게, 정답게 흐르고 있었다. 그녀의 손은 집이나 가게에서 많은 일을 한 손 같지가 않았다. 지금 그에게는 그저 작고, 귀엽고, 보드라운 여인의 손이었다.

그녀가 두 손을 도로 가져가려고 하자, 그는 그녀의 두 손을 힘주어 잡고 엉겁결에 말했다.

"오늘, 솔직하게 말하겠습니다."

"무엇을 말인가요?"

"내 말을 듣고, 화내지 않겠다고 먼저 약속해 주면……"

"약속하겠어요!"

그녀가 얼른 고개를 끄덕거렸다.

"나는 이 가게에서 일하게 된 첫날부터 왠지 당신을 좋아했습니다. 이후로도 명랑하고 친절한 당신을 더욱 좋아하게 되었고, 오늘은 더욱 그렇습니다. 주제 넘지만……나하고 결혼해 주지 않겠습니까?"

그가 거침없이 말하자, 그러나 한동안 생각하던 그녀가 차분한 어조로 말했다.

"난 당신보다 나이가 많아요."

"알고 있습니다."

"그리고 나에게는 어린 딸까지 있어요."

"그것도 이미 알고 있습니다."

그의 마음을 읽은 그녀는 한동안 머뭇거리다가 무슨 결심이라도

걸어서 가는 길

한 듯이 말했다.

"그것이 사랑이건 미움이건, 나는 아직 그 남자로부터 자유롭지가 못해요. 어린 딸을 볼 때마다 더욱 그래요."

"왜 그렇지요?"

"댁에서 나에게 그 바위산에서 당했던 마음의 고통을 털어놓았듯이, 나도 그러겠어요. 몇 년 전에, 우리 마을에 잘 생긴 한 청년이 나타났어요. 처음 보는 청년이었지만, 나는 첫눈에 그를 좋아하게 되었고, 그도 나를 그랬고, 차츰차츰 우리는 깊은 사이가 되었어요. 그러나 우리의 달콤했던 사이는 오래 가지 못했어요. 어느 날 갑자기 그가 우리 마을에서 사라져버렸으니까요. 어디로 갔는지, 이후로는 다시는 나타나지 않았어요. 다시는 찾아오지 않았어요. 나는 비로소 너무 성급했던 나 자신을 뒤늦게 후회했어요. 그러나 늦었어요. 이미 나의 뱃속에서는 그가 남기고 간 아이가 자라고 있었으니까요."

"그랬었군요!"

그녀에게 감추어졌던 비밀을 알게 된 그는 화가 나서 견딜 수가 없었다. 그녀에게 고통만 남기고 훌쩍 떠나버린 그 남자에 대해서 증오심이, 못잖게 그녀에게 그만큼 동정심까지 일었다. 그리고 그 증오심과 동정심은 그녀를 가지고 싶다는 소유욕에 더욱 부채질을 했다.

"그렇다면 그것은 시간이 해결해 줄 겁니다. 나는 당신이 그를 잊을 때까지 기다릴 수도 있습니다."

"고마워요, 그러나 그러지 말아요."

그 여인

"왜죠?"

"나는 어린 딸에게 두 번씩이나 죄를 짓고 싶지가 않으니까요."

"당신이 그 아이에게 무슨 죄를 지었단 말입니까?"

"경솔한 짓을 해서 사생아를 낳은 나를 주위 사람들은 수군거리고, 때로는 손가락질하며 경멸하고……. 그렇지만 나는 그때마다 참았어요. 아이는 차츰 커갔고, 궁금한지 때로는 아버지를 찾기도 했어요. 그럴 때마다, 나는 어떤 죄의식으로 마음이 괴로워했어요. 그 아이에게 나는 큰 죄를 지은 것이니까요. 그 애에게 지은 죄를 갚기 위해서, 나는 오늘도 모든 것을, 모든 괴로움을 참고, 견디고, 이겨내고 있어요. 짐짓 명랑해하면서 말예요."

"나는 그렇듯 무책임한 놈이 아닙니다. 그 아이를 내 친자식처럼 사랑하고 키울 자신이 있습니다."

"길을 가는 나그네는 신발을 신어야 해요. 맨발로는 먼 길을 갈 수가 없으니까요. 그렇다고 아무 신발이나 신어서는 안 돼요. 자기 발에 맞지 않는 신발을 신었다가는 발이 아플 수가 있으니까요. 그런 신발은 신지 않느니만 못해요."

"우리는 서로가 맞는 신발이라고 봅니다."

"앞서, 중요한 것이 있어요."

"그것이 무엇이죠?"

"언젠가는 당신도 떠날 사람 같아요. 그 나그네처럼요."

"그걸 어떻게 알죠?"

"불에 덴 아이는, 다음부터는 불을 무서워한답니다."

"아뇨! 절대로 그렇지 않습니다. 나는 당신 곁에 머무를 것입니다. 그리고 당신을 끝까지 지킬 것입니다. 맹세라도 하겠습니다!"

"맹세하지 마세요."

"왜 말라는 것이죠?"

"지키지 못할 맹세는 두 번 죄를 짓는 것이니까요."

그는 더는 할 말이 없었다. 그가 이러지도 저러지도 못하고 있자, 그녀가 다정하게 말했다.

"우리, 서로 친구로 지내요."

"친구로 지내자구요?"

"결혼하기 전까지는 사랑이지만, 알고 보면 그 후부터는 미움이 거든요. 때로는 증오까지 해요. 미워하고 증오할 바에는 차라리 결혼을 하지 않는 쪽이 훨씬 낫고, 미움과 증오보다는 외로운 쪽이 죄를 덜 짓는 거예요. 안 그래요?"

"……"

"우리는 서로를 진정으로 아껴주는 그런 친구로 지내요. 그러다 보면, 당신에게 어울릴 아가씨가 나타날 거예요. 두고 보세요!"

그녀가 활짝 웃어 보였다.

그것은 여지껏 굳게 걸어 잠갔던 마음의 빗장을 풀고, 이제는 그를 응접실까지는 받아들이겠다는 허락의 웃음이었다.

그 여인

고양이 눈

겨울이 지나고 봄이었다.

무거운 눈을 머리에 이고 한겨울을 이겨낸 잔디풀들도 삐죽삐죽 새 순을 돋아내기 시작한 지가 엊그제 같은데, 벌써 늦봄이었다.

빵 가게의 안채의 뜰에는 몇 그루의 라일락 나무가 자라고 있었다.

이미 흰빛과 자주빛 꽃망울들을 잔뜩 부풀리던 그 나무들은 이윽고 꽃망울들을 툭툭 터뜨리며 향기를 퍼뜨리기 시작했다. 그것은 은은하고도 감미로운, 매혹적인 향기였다. 벌들이 날아오고, 나비들도 찾아들었다. 이꽃, 저꽃으로 옮겨다니면서 꽃가루를 모으고 있었다.

꽃향기에 취하기는 벌들과 나비들만이 그런 것이 아니었다. 요즘에는 그도 라일락 향내에 흠뻑 젖어서 살았다.

아침에, 가게에 제일 먼저 나가는 사람은 그였다. 이것저것 하루의 장사 준비를 위해서는 그래야 했다. 한낮이 되면 안채로 들어가서 점심을 먹고 다시 가게로 나가는 길에, 그는 벤치에 잠깐 동안 앉아서 뜰에 가득한 라일락 향기를 즐기곤 했다.

오늘도 그러고 있는데, 누가 가까이 다가온다. 주인의 어린 손녀인 다섯 살짜리 꼬마였다.

전에도 자주 그랬던 것처럼, 지금도 그의 곁에 나란히 앉은 꼬마가 오늘은 대뜸 엉뚱한 질문을 한다.

"아저씨는 집이 어디야?"

"여기."

"여기는 우리집인데?"

"그러냐?"

웃음을 보인 그가

"여기서 멀어."

말하자, 꼬마가 고개를 끄덕거렸다.

"집이 있긴 있구나."

"그럼 내가 집이 없는 사람으로 알았니?"

"그런 건 아니지만……"

"이미 우린 한 가족이나 다름없어. 안 그러니?"

"같은 집에서 사니까 그래?"

"맞아."

"아저씨는 어디로 가다가 우리집에 들어와서 살고 있지?"

"내가 찾아가던 곳을 물어보는 말이냐?"

고양이 눈

"응."

"그건 왜 물어보니?"

"그게 늘 궁금했거든."

조금 후에, 그가 피식 웃으며 중얼거렸다.

"빛의 나라를 찾아가던 길이었단다."

"빛의 나라?"

"그래. 빛의 나라!"

"그곳은 어디에 있는데?"

처음 들어본다는 듯이 꼬마가 물어보자, 그가 말했다.

"여기에서 멀어."

"그 나라는 어떤 곳인데?"

"아름다운 음악이 시냇물처럼 흐르고……한마디로, 진리의 나라
란다."

"진리가 뭔데?"

"무엇이라고 설명을 해야 좋을까? 옳지! 그건 양심이란 것이지."

"양심?……그건 뭔데?"

"그건 말이다, 거짓말을 한다거나 참되지 못한 것을 싫어하는 마
음이지."

"그건 어디에 있는데?"

"우리들 마음속에 있단다."

"거짓말을 하면, 어떻게 되지?"

"양심이 싫어하며 화를 낸단다. 그러면 괴롭고, 겁이 나고……"

그러자 조금 생각하던 꼬마가 고개를 끄덕거렸다.

"으응, 그거로구나!"

"그거라니?"

"고양이 눈!"

"고양이 눈?"

"언젠가 난 엄마한테 거짓말을 했거든. 그런 다음에, 밤에 고양이 눈과 마주치자 무서웠거든. 밤에만 그런 게 아니라, 그 다음부터는 낮에 봐도 무서웠거든."

"맞았다. 그게 바로 양심이란 것이란다. 거짓말을 하자 양심이 괴로워하고, 들키면 누구한테 야단맞을까봐 무서웠던 거야."

깜빡 잊고 있었다는 듯이, 꼬마가 또 물어보았다.

"빛의 나라—를 찾아가는 길이었다며? 그곳은 어디로 가야 하는데?"

"빛의 계단으로 올라가야 해."

"빛의 계단?"

"그곳으로 올라가면, 빛의 나라가 있어."

"그 계단은 높은가?"

"높아서 오르기에 쉽지가 않아."

"우리집 이층 계단처럼 쉽지가 않단 말이지?"

"그것보다도 훨씬 어려워."

"그곳엔 아이들도 있나?"

"어른들보다 너희 같은 아이들이 더 많이 산단다."

"나도 그곳에 갈 수가 있나?"

"있고 말구."

"나도 그곳에 가보고 싶다!"

"그곳을 다스리는 임금님은 너희 같은 어린아이들을 무척 좋아하셔. 어른들보다도 더 좋아하신단다."

"그럼 안심해도 되겠다. 가고 싶으면 언제든지 그곳에 갈 수 있으니까!"

벤치에서 풀쩍 몸을 내린 꼬마가 안채로 뛰어갔다. 그러자 그도 그만 자리에서 일어나 얼른 가게로 나갔다.

그가 꽃향기를 만끽할 때는 아무래도 하루의 일을 모두 끝내고 밤에 안채로 들어오는 길이었다. 물론 그 벤치에 앉아서였다. 그곳에서, 그는 비로소 마음놓고 하루의 피로도 풀고, 이런저런 생각을 하면서 모처럼 한가로웠다. 하루 중에서 가장 즐거운 시간이기도 했다.

오늘 밤에도 마찬가지였다.

그는 지금 벤치에 혼자 앉아 있었다.

안채는 아담한 이층 건물이었다.

아래층에서는 주인 부부가 넓직한 방에서 살았고, 그는 문간방을 거처로 사용했다. 이층에서는 주인집 딸이 큰방을, 어린 꼬마는 보다 작은방에서 따로 잤다.

얼마 전부터 주인 여자는 가게에 모습을 통 비치지 않았다. 그럴 수가 없었다. 안채의 이층으로 무엇을 찾으러 올라갔다가 내려오는 길에, 그만 발을 헛디디어 계단의 아래층까지 굴러 떨어진 것이다. 주인 여자는 의외로 중상이었다. 허리를 못 쓰고, 더구나 머리를 어디에다가 되게 부딪쳤는지 이후로는 의식도 가물거렸다.

주인 여자가 자리에 누워서 그렇듯 꼼짝을 못하자, 그녀가 지금
까지 해오던 일은 고스란히 딸의 몫으로 넘겨졌다. 그러잖아도 안
채와 바깥채를 수시로 드나들며 바쁘던 주인집 딸은, 이제는 어머
니 대신에 계산대까지 맡아야 했기 때문에, 너무 바빠서 정신이 없
을 정도였다.

아내와 딸이 그러했지만, 요즘의 주인 남자는 오히려 하루하루가
혼자서 즐거웠다. 그는 술을 좋아했다. 가게에서 빵 만들어 내기를
끝내기가 무섭게 그가 달려가는 곳은 조금 떨어져 있는 단골 술집
이었다. 그리고 그곳에 앉아서 이 친구 저 친구와 어울려 술을 마
시다가 밤이 늦어서야 집으로 돌아오는 때가 많았다. 그는 그렇듯
진작부터 주위에 소문이 난 술꾼이었다. 그러면서도 그가 다음날
은 어김없이 제 시각에 일어나 가게로 나오는 것은 신기할 정도였
다. 그나마 다행이었다.

주인 여자는 그런 남편에게 그때마다 못마땅해하며 투덜거렸다.
어느 때는 불평을 큰 소리로 퍼붓곤 했다. 그러나 이제는 그러지를
않았다. 몸이 그러하자, 그러고 싶어도 그럴 수가 없었다. 이쯤 되
자, 요즘에 남편은 얼씨구나 좋아했다. 아내의 잔소리로부터 해방
이 되었기 때문이다.

지금 그는 고개를 돌려 저만큼 떨어져 있는 안채의 이층을 바라
보고 있었다. 이때쯤이면 벤치에 앉아서 그러는 것이 한 버릇이었
다.

주인집 딸의 방에는 아직 불이 켜져 있었다. 유리창이 환했다.

하루 종일 지친 몸이었지만, 이것저것 아직도 할 일이 남은 모양

고양이 눈

이었다.

이 집에서 그녀는 그에게 누구보다도 친절했다. 아니, 전보다도 더욱 그랬다. 바쁜 틈을 내어 그의 옷도 빨아주고, 늘 상냥한 웃음을 보여주었다. 그랬지만, 그러나 그는 흡족하지가 않았다. 만족하지 못하고, 무엇인가 늘 부족함을 느끼곤 했다. 그것이 무엇인지 모르긴 해도, 그는 늘 그랬다.

아니, 그는 그것을 알고 있다.

그녀는 그에게 마음의 응접실까지만 허용하고 있었다. 그러자 그는 그 응접실까지만 들락거릴 수가 있었다. 그녀와의 거리는 멀지도, 가깝지도 않았다. 더 가까이 가려고 해도 그쪽에서는 허락하지를 않았고, 조금 멀어졌다 싶으면 얼른 다가와서 곁으로 가까이 끌고 갔다.

그가 바라는 것은 그녀의 응접실이 아니었다. 그녀의 침실이었다. 그런데도 그는 오늘도 그 응접실에 앉아 있을 뿐이었다.

안채의 자기 방으로 돌아온 그는 곧 잠자리에 누웠다. 그도 하루가 피곤했다. 그러나 그는 얼른 잠이 오지 않았다. 잠이 들지 못했다. 그럴수록 가슴이, 방안이 답답했다. 더는 참을 수가 없게 되자, 자리에서 벌떡 일어난 그는 창가로 가서 유리 창문을 활짝 열어젖혔다.

이미 깊은 밤이었다.

뜰에는 달빛이 가득했다.

기다렸다는 듯이, 감미로운 향내가 차츰 방안으로 밀려들었다. 짙은 라일락 향기였다.

누가 그를 꼬드기고 있었다. 그의 마음속에서, 자꾸만 꼬드기질을 하고 있었다. 그래서는 안 된다고 나무라는 또 다른 누구와 서로 다투고 있었다. 싸움을 벌이고 있었다.

빈방에서 이리저리 왔다갔다 초조하게 바장이던 그는, 이제는 더는 참을 수가 없었다.

누구에게 강요라도 당한 듯, 그는 방문을 소리나지 않게 열었다.

아래층의 거실은 조용했다. 술집에서 돌아온 주인 남자도 이미 잠이 든 모양이었다.

그는 이층으로 오르는 계단 쪽으로 다가갔다. 그리고 고양이처럼 소리나지 않게 한 계단씩 밟으며 위로 오르기 시작했다.

층계참에서 그는 잠시 머뭇거렸다. 그러나 뒤에서 등을 떠밀린 사람처럼 다시 층계를 오르고 있었다.

이층이었다.

거실은 아래층처럼 역시 고요했다. 달빛을 머금은 유리창의 커튼만 환할 뿐이었다.

넓지 않은 거실의 이쪽과 저쪽은 방이었다. 두 개의 방이 다 문이 닫겨져 있었고, 조용했다.

이쪽 방문 앞으로 다가간 그는 다시 한 번 호흡을 크게 가다듬었다. 그리고 방문을 작게 두어 번 두드렸다.

방안에서는 아무런 반응이 없었다. 이번에는 조금 더 크게 문을 두드리고 기다렸지만, 역시 방안에서는 어떤 인기척도 들리지 않았다.

그는 방문의 손잡이를 잡고 밖에서 열어보았다. 방문은 열려 있었다. 조금 열려진 틈으로 방안에서 불빛이 밀려나왔다.

그녀는 아직 잠을 자지 않고 있었다.

유리창 가에 놓인 의자 위에 조용히 앉아 있었다. 그림처럼 그저 앉아 있었다. 유리창에 커튼은 아직도 열려 젖혀진 채였다. 밀려들어온 달빛이 방안으로 가득했다. 그가 방문을 조금 열었을 적에 흘러나왔던 빛은 불빛이 아닌 달빛이었다.

방안으로 들어선 그는 그 자리에 그냥 서 있었다. 그가 그랬어도, 누가 방에 들어왔는지도 모른다는 듯이, 그녀는 아무런 반응을 보이지 않았다. 어쩌면 앞서 그가 두드린 노크 소리도 그녀는 듣지 못한 듯싶었다.

더는 숨이 막혀서 견딜 수가 없는 그는 자신도 모르게 그 자리에 두 무릎을 꿇고 앉았다. 그리고 두 눈을 감았다. 체벌을 기다리는 개구쟁이 소년처럼 그랬다.

얼마쯤 지났다.

그녀가 이쪽으로 천천히 다가왔다. 눈을 감고서도 그는 그것을 느낄 수가 있었다. 그의 가슴은 더욱 빨리 뛰고 있었다. 그러면서 그녀의 다음 행동을 기다리고 있었다.

그의 앞에까지 다가온 그녀는 그러나 여전히 말이 없었다. 머뭇거리는 듯싶었다. 이윽고 무엇이 그의 머리를 가만히 쓰다듬었다. 그것은 그녀의 손이었다. 성난 손이 아니라 다정한 여인의 손길이었다.

"다시 오지 말아요."

중얼거렸지만, 그녀는 그를 나무라지는 않았다.

"그러겠습니다!"

조용하게 꾸짖은 그녀에게 그는 감사했다.

시간이 흘러갔다.

얼마쯤 지나서 그는 옷들을 챙겨 입고 아래층으로 내려왔다. 그리고 자기 방으로 들어간 그는 응접실에 이어 마침내 침실을 허락한 그녀에게 감사하며 잠자리에 들었다.

이후로도 그녀의 방문은 항시 열려 있었다.

그러나 그가 남들 몰래 그녀의 침실을 찾을 적마다, 그녀의 표정은 갈수록 달라졌다. 그가 들어올 때보다도, 나가고 났을 때의 표정이 더욱 그랬다. 그때마다 그녀의 표정은 밝지를 못하고 어두웠다. 갈수록 더욱 어두워졌다. 그것은 어떤 괴로움이었다.

이윽고 그녀는 말했다.

"다시는 오지 말아요!"

그랬어도 다시 찾아온 그에게, 그녀는 이번에는 애원하듯이 말했다.

"나를 도와줘요. 다시는……"

그랬어도 그가 다시 찾자, 그녀의 방문은 안에서 굳게 잠겨 있었다. 아무리 두드려도 안에서는 열어주지를 않았다.

아무리 두드려도 방문이 열리지를 않자, 그는 그만 뒤돌아섰다. 뒤늦게 그녀의 마음을 읽은 것이다.

그가 언뜻 고개를 돌리자, 저만큼 다른 방문 앞에 누가 서 있었다. 꼬마였다. 주인집의 어린 손녀였다. 그 아이가 자기의 방문 앞에 오도카니 서서 이쪽을 말없이 지켜보고 있었다.

고양이 눈

번쩍거리는 저 시선!

어둠 속에서, 그 아이의 시선은 밤의 고양이의 눈처럼 하얗게, 아니 파랗게 보였다. 이내 푸른 불꽃으로 변했다. 그 시퍼렇게 번쩍거리는 시선과 눈길이 마주치자, 그는 그만 눈이 시렸다. 차츰 가슴까지 찔렸다. 더는 버티지를 못하고 쫓기듯이 어물거리며 그 자리를 떠났다.

아아!

나는 무슨 짓을 했는가, 그는 뒤늦게 후회했다.

아아!

나는 그녀에게 얼마나 큰 괴로움을 주었는가, 그는 괴로웠다.

아아……

그러나 이번에는 후회도 괴로움도 아니었다.

시퍼렇게 번쩍거리던 그 시선! 어둠 속에서 고양이의 눈처럼 번쩍거리던 꼬마의 그 시선이었다. 그 시선이 문득문득 떠올랐고, 그때마다 잊으려고 애써 노력할수록 그 시선은 더욱 또렷해지며 그의 머릿속에서 떠나지를 않았다. 그는 그 시선에서 벗어나지를 못했다.

그는 눈치를 살피면서 살았다.

그의 괴로움을 덜어주려는 듯이, 주인집 딸은 차갑지 않은 표정이었다. 어떤 괴로움을 까맣게 잊은 듯 여느 때처럼 명랑했다. 그렇다고 가깝지도 않았다. 응접실을 찾은 손님과 이야기를 나누듯이 그에게 상냥했다.

그러나 꼬마는 달랐다.

걸어서 가는 길

머쓱했지만, 그가 가까이 다가가려고 해도, 그 애는 곁돌기만 할 뿐 이쪽과 마주치기를 짐짓 피하는 눈치였다.

그럴수록 그는 궁금해서 견딜 수가 없었다. 그 애는 자기 엄마와 나 사이를 어느 만큼이나 알고 있는가. 어쩌면 오줌이 마려워서 잠이 깬 아이는 화장실에 가려다가 나를 발견한 것은 아닐까. 그렇다면 그럴 듯한 말로 변명을 하면 되었다. 어쨌거나 그 아이와 이야기를 나누어야 한다고 그는 거듭 다짐했다.

마침내 그 애와 뜰에서 마주치자, 의외로 꼬마가 대뜸 물어봤다.

"아저씨는 언제 떠나?"

"어디로?"

"빛의 나라를 찾아가던 길이었다고 말했잖아?"

"너는 내가 너희 집에서 빨리 떠났으면 바라니?"

"그런 건 아니지만……"

"어른들과 달리, 아이들은 오해를 잘한단다."

"그게 무슨 뜻이야?"

"그날 밤에, 나는 엄마와 나눌 이야기가 있어서……"

"엄마의 방문은 잠겨 있던데?"

그가 어물거리다가 변명을 했다.

"엄마는 밤에는 방문을 잠그고 자는 습관이 있는 것 같았어."

"그렇지 않아! 내가 자다가 무서운 꿈을 꾸면 언제든지 오라면서, 엄마는 방문을 잠그지 않고 자거든."

"그날 밤엔 어쩌다가 깜빡 잊고 그랬는지도 모르잖니."

"다음부터는 그러지 마!"

고양이 눈

"무슨 말이지?"

"엄마는 잠을 자야 하거든. 아저씨가 그러면 엄마는 잠이 깨거든."

"아하, 그날 밤엔 하도 급히 의논할 게 있어서……"

"다음날, 일찍 의논해도 되잖아."

아이가 갑자기 화제를 바꾸었다.

"아저씨는 우리 아빠에 대해서 알고 있어?"

"갑자기 너희 아빠를 왜 말하지?"

"글쎄, 알아?"

"네 아빠는 너를 낳자마자 돌아가셨다고 어른들이 말하더구나."

"아냐!"

"그럼?"

"난 어젯밤에 꿈을 꾸었어. 아빠 꿈을 꾸었어. 아빠는 날개가 달린 하얀 말을 타고 와서, 나를 앞에다가 태우고 함께 하늘을 훨훨 날아다녔다구. 저 아래에서 엄마가 나를 큰 소리로 부르며 찾아다니자, 아빠는 나를 엄마한테 내려다주고, 다시 말을 타고 멀리 날아갔어."

"멋진 꿈이었구나."

"아빠는 죽지 않았어. 어디엔가 살아 있어. 날개 달린 하얀 말을 타고 또 나를 찾아올 거야! 그리고……"

"그리고 또 뭐지?"

"땅 위에 있는 엄마를 내가 먼저 봤어. 그러자 내려달라고 내가 아빠한테 졸랐거든."

"아빠와 말을 타고 달리는 것도 좋았을 텐데, 왜 그랬지?"

"얼른 엄마한테로 가고 싶어서 그랬어!"

"그랬었구나."

"난 아빠도 좋지만, 엄마가 더 좋거든! 알아?"

아이는 여지껏 무엇을 깜빡 잊고 있었다는 듯이 안채 쪽으로 뛰어갔다.

그는 그 자리에 고대로 서 있었다.

그는 어린 꼬마의 말들을 틈틈이 되새겼다.

밤에 잠자리에 들어서도, 다음날 가게에 나가서도, 틈만 있으면 꼬마의 말들을 머릿속에 떠올렸다. 아니, 그때마다 문득문득 떠올랐다.

아이들은 거짓말을 하지 않는다. 거짓말을 할 줄 모르기 때문에, 하지 않는 것이다.

아이들은 자기의 생각을 꾸미지 않고 말한다. 꾸밀 필요가 없기 때문에, 꾸미지 않는 것이다.

아이들은 자기의 바람을 자기의 말속에다가 꼭 담는다. 반드시 이루어질 것이라고 믿기 때문에 꼭 담는 것이다. 그것은 나이가 어릴수록 더욱 그랬다.

꼬마의 말들을 어떻게 새길 것인가, 그는 생각하고 또 생각했다.

그날, 꼬마는 이런저런 말들을 그에게 물어봤고, 또 말했었다. 얼핏 그 말들은 흔히 그 또래의 아이들이 할 수 있는 말이었다. 또랑또랑 또렷이, 귀엽고도 순진한 목소리였다. 그런 것을 공연히 이쪽

고양이 눈

에서 지레 짐작을 하고 있는지도 모른다.

어쩌면 아이는 그때마다 생각나는 대로 그냥 내비친 말 같았다.

아니, 그렇지가 않았어!

어린아이들은 휴화산이다. 안에 잔뜩 쟁여져 있던 용암이 분출구를 찾자마자 밖으로 치솟듯이, 나름대로 무엇인가를 생각했고, 나름대로 무엇인가를 바라고 있었다. 그러다가 그것을 말한 것이다.

틀림없어!

아저씨는 언제 떠나느냐, 빛의 나라를 찾아가던 길이 아니었느냐고 물어봤었다. 그러니 어서 그리로 떠나가라는, 이제는 자기의 집에서 떠나주기를 꼬마는 바라고 있었다.

또 있다. 아빠를 꿈에서 보았다면서, 느닷없이 자기의 아빠를 들먹거렸다. 그건 당신은 나의 아빠가 아니라는, 그래서 필요치 않으니 어서 떠나라는 권고였다.

그리고 또 있었다. 아빠보다도 얼른 엄마한테 가고 싶었다고, 아빠보다는 엄마를 더 좋아한다고 말했었다. 그건 엄마는 나의 것이라는, 하기에 당신에게 절대로 빼앗기지 않겠다는, 빼앗길 수 없다는 경고였다.

그는 고개를 끄덕거렸다.

한마디로, 꼬마는 그가 이 집에서 얼른 떠나주기를 바라고 있다고 그는 다짐했다.

그렇다고, 결코 그 아이를 고까워하지 않았다. 나무라고 싶지 않았다.

그들에게 괴로운 짐이었던 자신을 먼저 탓했다.

떠나가자.

그는 떠나기로 마음을 굳혔다. 틈을 봐서, 적당한 기회에 이쪽의 뜻을 그쪽에게 전하기로 마음먹었다.

그러나 그 틈은 묻혀버렸다.

일 년이나 자리에 누운 채 의식이 깨끗하지 못하던 주인집 여자가 끝내 숨을 거두었다. 그러자 애통해하는 그들에게, 남은 사람들에게 어떻게 당장 그런 말을 할 수가 있겠는가. 그럴 수는 없었다.

아내의 장례를 치른 후, 주인 남자는 더욱 생활이 흐트러졌다. 그러잖아도 술꾼이던 그는 이제는 마음놓고 허구한 날 술이었다. 가게에서 일을 할 때에도 이제는 술병을 옆에 끼고 살았다. 평소보다 가게에 늦게 나오는 날이 많아지고, 아예 나오지 못하는 날도 있었다. 그럴 때마다 주인의 몫을 대신할 수 있는 사람은 그였다. 그가 없었더라면, 가게의 문은 진작에 닫혔을 것이다. 당장은 아니더라도, 머잖아서 곧 그렇게 될 것이라는 것을 주위 사람들은 모두 알고 있었다.

그러던 어느 날, 주인 남자가 사뭇 진지한 어조로 그에게 말했다.

"자네하고 의논할 것이 있네."

"무슨 말씀이신지……"

"알다시피, 나의 아내는 저세상으로 갔네. 평소에 아내는 겉으로는 나에게 잔소리를 퍼붓곤 했지만, 마음은 그렇지가 않았네. 나의 건강을 걱정한 잔소리였고, 그만큼 나를 사랑해서였고, 나도 그런 아내를 마음속으로는 늘 고마워하며 사랑했었는데……"

"참 좋은 분이셨습니다."

"아내를 잃자, 난 너무 슬퍼서 더욱 술에 의지하며 살았네. 그러다가 보니, 이제는 더는 내 힘으로 가게를 지탱할 수 없을 정도로……어떤 희망도, 그럴 의욕도, 이제는 무엇보다도 체력이 달려서……"

"지금부터라도 술만 줄이신다면, 모든 것이 처음처럼 됩니다."

"아닐세! 그건 자네가 모르고 하는 소릴세. 누구보다도 내가 나를 더 잘 안다네. 그건 그렇고, 나는 여러 날을 이리저리 나름대로 생각했다구. 그러다가 내린 결론인데……"

오랜 기간 동안 정이 든 가게를 살리고도 싶지만, 그러나 이제는 이래저래 지쳐서 더는 힘에 부친다고 다시금 강조를 했다. 그렇다고 가게의 문을 닫기에는 너무나도 정이 들어 아깝고, 그러니 나 대신에 자네가 이 가게를 맡아서 운영하면 어떻겠느냐, 어떻게 운영을 하든 자기는 일절 간섭을 하지 않겠다. 그리고 이윤은 얼마가 되든지, 공평하게 절반씩 가르자는 것이었다.

너무나도 뜻밖의 제의라서 그는 당황했다. 눈치를 챈 주인이 말했다.

"물론 자네로서는 어리벙벙할 테지. 그러나 내 말은 진심일세. 술을 많이 마시는 게 흠이랄까, 나는 여지껏 누구에게 한 번도 거짓말을 한 적이 없었다네. 내가 이래 보여도, 사람 보는 눈이 따로 있다네. 자네는 믿을 수 있는 사람일세! 자네가 그래준다면, 그때부터 나는 안심하고 술이나 마시며 편안하게 지낼 수가 있겠는데……어떤가?"

"그러나 이곳을 찾는 손님들이 인정하듯이, 주인님의 빵을 만드는 독특한 비결이 저한테는 없잖습니까?"

걸어서 가는 길

"그걸 내가 깜빡 잊고 말하지 않았었군. 바늘 가는 데 실 따라가는 법일세. 내가 그 비법도 자네한테 몽땅 전수할 걸세."

주인에게는 빵을 맛있게 만들어 내는 그 비법이 나름대로 따로 있었다. 밀가루 반죽과 빵을 굽는 온도 등도 물론 중요하지만, 반죽에 들어가는, 주인집 식구들만이 아는 몇 가지의 첨가물이 그 비법이었다. 그 첨가물이 들어갔기에 이 가게의 빵의 맛이 독특했고, 그래서 손님들이 그만큼 많았던 것이다. 그 비법을 이제 그에게도 전수하겠다는, 동업자로서 그만큼 그를 믿는다는 뜻이었다.

"그렇다고 내가 자네만 부려먹는다는 생각은 아예 말게. 마누라 대신에 내 딸이 계산대에 앉아서 자네를 도와줄 걸세."

"그렇다면 저도 생각을 해보겠습니다."

"물론 그래야지. 그러나 너무 오래 생각은 하지 말게."

다음날, 주인집 딸이 그에게 넌지시 물어봤다.

"저의 아버지한테서 무슨 말씀 못 들었나요?"

"어떻게 그걸 알았죠?"

"아무래도 눈치가 그랬어요. 아버지는 진작부터 나름대로 무슨 생각인가 하고 있었어요. 어느 때는 가게에 대해서 은근히 나한테 이런 것 저런 것을 물어보기도 했었거든요."

그는 어제 주인으로부터 들은 얘기를 그녀에게 고대로 말해주었다. 그리고 그는 그녀와 의논했다.

"아버지는 당신을 믿고 있어요. 성실하고 신뢰할 수 있는 사람이라고 칭찬을 자주 하셨거든요."

"나 같은 놈을……어쨌거나 당신의 생각은 어떻습니까?"

고양이 눈

"물론 나도 당신을 그렇게 믿고 있고, 아버지의 뜻대로, 당신이 그래 주기를 바라고 있어요."

그녀가 웃자, 그도 따라 웃으며 말했다.

"그렇다면 좋습니다. 능력이 부족하지만, 최선을 다하겠습니다."

"고마워요!"

"대신에, 계산대는 그쪽에서 맡아주어야 합니다."

"혹시 내가 당신에게 간섭한다는 생각이 들지는 않을까요?"

"아니, 곁에 있어 준다면 나는 더욱 즐거울 겁니다."

"그렇다면 나도 그러겠어요. 즐겁게 당신을 도와드리겠어요."

그는 그녀와 합의를 보았고, 이어 주인인 그녀의 아버지와도 그랬다. 모든 것이 자기의 뜻대로 되자, 주인 남자는 몹시 즐거워하며 기다렸다는 듯이 단골 술집으로 얼른 가버렸다.

당장 다음날부터 가게의 주인과 동업자가 된 그는 앞으로 가게를 어떻게 이끌어갈까를 생각했다. 그러나 그것은 쉬우면서도 어려운 문제였다. 그렇다고 어렵기만한 문제도 아니라고, 보다 앞서 마음의 자세부터 가다듬는 것이 무엇보다도 중요하다는 생각이 들었다.

그는 그녀에게 물어봤다.

"당신은 아직도 괴로워합니까?"

"아뇨. 벌써 잊은걸요."

"그렇다면 나를 용서했다는 뜻입니까?"

"물론예요."

"어떻게 그렇게 빨리 용서할 수가 있었죠?"

"용서를 하지 않으면 그만큼 내가 더 괴로우니까요."

"자신을 위해서라도 남의 허물을 용서한다는 뜻이로군요."

"그래요."

이어 그녀가 웃으면서 말했다.

"앞으로는 이층 방문이 항상 열려 있을 거예요."

"왜 그렇죠?"

"이제는 그만큼 당신을 믿고 있다는 뜻이에요."

그녀가 그렇게 말했어도, 그러나 그는 앞으로는 절대로 안채의 이층에는 얼씬거리지 않기로 결심했다. 그녀에게 더 이상 괴로움을 주지 않기로 했다. 그것이 지난날 그가 그녀에게 진 마음의 빚을 어느 정도 갚는 길이라고 여겼다.

그러나 꼬마가 남아 있었다.

어둠 속에서, 고양이 눈처럼 번쩍거리던 그 시선!

그는 아직도 꼬마의 그 시선을 기억하고 있었다. 머릿속에서 지워지지가 않았다.

아무리 어른들끼리 이런저런 이유로 합의가 되었더라도, 그리하여 그가 이 집을 떠나지 않고 남아 있는 이유를 그 아이가 곱게 받아들일지, 닫혔던 마음을 활짝 열고, 전처럼 그의 곁에 가까이 앉으려고 할지가 의문이었다.

그렇다고 그는 애써 그 아이에게 그걸 설명해주고 싶지는 않았다. 설명은 자칫 변명이 되기도, 그리하여 또 하나의 새로운 오해를 빚을 수도 있기 때문이었다. 새로운 불씨 하나를 더 만들지 않기로 했다.

고양이 눈

도망자

 이제는 동업자로서 가게의 운영을 책임진 만큼 그의 어깨는 무거웠다.

 가게를 어떻게 운영하든 그럴 권리가 있기에 그는 기분이 좋았지만, 가게를 현상유지는 물론 보다 번창시켜야 하는 그럴 책임도 있었다.

 그러잖아도 그는 이 가게에 대해서 나름대로의 불만이 있었다. 불만이라기보다는, 알고 보면 은근한 욕심이었다.

 빵의 맛이 독특해서 손님들이 너무 많자, 물건이 달려 없어서 못 파는 경우도 많았다. 그때마다 빈손으로 되돌아가는 손님들이 그로서는 아까웠다. 그들까지 흡족하게 만들어 주면, 가게도 그만큼 이윤이 더 늘어날 것이다.

 그러나 어찌된 셈인지, 주인은 그런 것에는 전혀 관심이 없는 듯 보였다. 찾아오는 손님들에 만족했고, 빈손으로 되돌아가는 손님들에게는 별로 신경을 쓰지 않았다. 우리 가족이 먹고 살기에 이 손님들만 가지고도 충분하다면서, 더는 욕심을 부리지 않는 눈치였다.

그는 빈손으로 되돌아가는 손님들에게 늘 미안했다. 그러면서, 주인보다도 그 손님들을 그때마다 더 아까워했었다.

불만이 또 있었다.

가게의 형편이 그쯤 됐으면, 종업원의 수를 적어도 두어 명쯤은 더 늘릴 수도 있었다. 아니, 늘려야 했다. 빵을 만드는 기술은 까다로웠기에 어차피 주인 남자의 몫이었다. 그러나 그에게 딸린 조수는 따로 있어야 한다. 이것저것 그만큼 해야 할 일이 많았기 때문이다. 그런데도 주인은 그러지를 않았다. 인색해서인지, 또는 늘 해오던 방식을 그대로 유지하면 된다는 생각에서인지, 주인은 자기가 힘이 들면 들었지 조수를 따로 두지 않았다.

손님들로부터 돈을 받고, 거스름돈을 내주기도 하는 계산대는 직접 돈이 들락거리는 곳이기에, 주인 여자가 맡는 것이 당연하다. 그러나 손님들에게 빵 접시들을 나르고, 빈 접시들을 가져오는 일은 주인의 딸이 혼자서 감당하기에 어림도 없었다. 주인집 딸이라서가 아니라, 일손이 모자라자 혼자서 쩔쩔 매는 것이 안쓰러워서라도 그는 그녀를 위해 힘껏 도와주었었다.

그리고 잡일을 하는 종업원도 따로 필요했다. 이를 테면 설거지라든가 하루 종일 자잘한 심부름, 가게의 청소만 가지고도, 밤에 코를 골며 사야할 만큼 일이 만만치가 않았다.

그런데도 주인을 도와주고, 빵 접시들을 나르는 그의 딸을 돕기도 하고, 가게의 청소 등 이런저런 일들은 어제까지는 오롯이 그의 몫이었다. 혼자서 몇 사람의 일을 해온 것이다. 그러나 그는 불평하지 않았다. 그날그날 자기의 몫을 잘도 해왔었다.

그러나 이제는 그게 아니었다.

어쨌거나 그는 이제부터는 자기의 식대로 가게를 이끌어가기로 했다. 또 그럴 권한이 그에게 주어졌다.

그는 주인이 해 왔던, 빵을 굽는 일은 자기가 맡고, 조수를 한 명 채용했다. 계산대는 주인집 딸에게 맡기고, 그녀가 하던 일을 대신할 여자 종업원을 한 명, 잡일을 하는 종업원도 따로 채용했다.

주인 남자는 이제는 가게에 코빼기도 비치지 않았다. 술집에 드나들기에도 바빠서, 가게는 아예 그와 딸에게 떠맡기고 살았기 때문에, 어찌 보면 실제의 그의 동업자는 주인의 딸이었다.

가게의 종업원들이 부쩍 늘자, 주인집 딸이 말했다.

"좀 물어봐도 될까요?"

"무엇을 말입니까?"

"종업원이 하나 둘도 아니고, 세 명씩이나 늘어나서……"

"걱정이 되나요?"

그가 물어보자, 그녀가 웃으며 말했다.

"어쩐지 그래요."

"그 대신에, 좋은 점은 없을까요?"

"그야 있겠죠. 우선 종업원들은 그만큼 힘이 덜 들고……"

"잃는 것이 있으면, 얻는 것도 있는 법입니다. 요즘에는 이나마의 일자리도 구하기가 쉽지 않다는 것을 누구보다 그들이 더 잘 알고 있습니다. 두고 보십쇼. 그들은 꾀를 부리지 않고 자기의 몫을 즐겁게 해내고, 따라서 가게의 수입도 그만큼 올라갈 테니까요."

"그렇게만 되었으면 얼마나 좋겠어요!"

그의 생각은 옳았다.

예측대로, 종업원들은 가게를 위하여 부지런하게 일했다. 가게가 발전해야 급료를 제때에 받을 수 있다는 것을 잘 알고 있기 때문이다.

종업원들의 인건비를 빼고도, 가게는 적자는커녕 전에 비하여 이윤이 엇비슷했다.

그러자 그는 한 걸음 더 나아가 마침 놀고 있는 바로 옆집의 가게를 빌려서 이쪽의 가게를 확장시켰다. 그 자금은 돈을 많이 가지고 있는 사람으로부터 이쪽의 가게를 담보로 빌렸다.

누구보다도 놀란 사람은 뒤늦게 사실을 알게 된 주인집 딸이었다.

"그러다가 낭패를 보면 어쩔려고 이렇게 가게를 늘렸죠?"

"늘린 곳에도 손님들이 꽉 찰 테니 두고 보십쇼."

"자신있게 말하는군요."

"가게의 운영권은 내게 있습니다."

"알고 있어요. 그러나……"

"나는 장차 적당한 사람을 데려다가, 내가 하고 있는 일도 맡길 생각입니다."

"뭐라고요?"

"왜 놀라지요?"

"그러면 댁에서는 무엇을 하려고요?"

"내가 할 일은 따로 있습니다. 높은 곳에 올라가서 아래를 내려다 봐야 전체가 보이는 법입니다. 가게를 키우자면 그래야 합니다. 빵이나 굽다가는, 평생 빵이나 굽습니다."

아직도 놀란 눈으로 그를 지켜보며 그녀가 말했다.

"욕심이 많군요!"

"작은 욕심은 죄가 아닙니다."

"나의 아버지는 그런 작은 욕심도 없었어요."

"남에게 해를 끼치기는커녕 그런 것에는 아에 관심도 없는 분이라는 것을 나도 압니다."

"그 대신에, 그만큼 행복했어요."

"정직하고 착한 대신에, 발전이 없었지요."

"발전이 좋기만 한 건 아니잖아요?"

"그렇다고 나쁜 것도 아닙니다."

이러다가 자칫 다툼질이라도 날까 걱정이 됐는지, 수긋해진 그녀가 얼른 화제를 돌렸다.

"댁에서는 나를 아직도 가지고 싶나요?"

"네?"

"지금도 나하고 결혼하고 싶은지를 물어봤어요."

너무나도 뜻밖의 질문을 받자, 그는 당황했다. 그는 주인 남자로부터 동업자가 되자는 제의를 받았을 때에도 그랬었다. 그러나 지금은 어쩌면 그 이상이었다.

걸어서 가는 길

"지금 내 머릿속에는 가게를 어떻게 하면 보다 크게 키울 수 있을까, 온통 그 생각뿐입니다."

그가 말하자,

"그럴 테죠."

조용히 웃으며 그녀는 더는 물어보지 않았다.

그녀는 진작에 그를 용서했다고 말했었다. 그리고 앞으로는 자기의 방문을 걸어 잠그지 않겠다고 말했다. 그건 응접실에서 침실로 들어오고 싶으면 언제든지 들어와도 좋다는 뜻이기도 했다. 이제는 당신을 믿기에 그렇다는 것이다. 그런 그녀가 오늘은 느닷없이 엉뚱한 질문을 한 것이다.

그는 자기가 한 말을 되새겼다. 얼떨결에 나온 말이었지만, 어찌 보면 그 말은 사실이었다.

그녀에게 더는 괴로움을 주어서는 안 된다고 마음을 굳힌 후로, 그는 자기와의 약속을 성실하게 지키고 있었다. 그 약속을 깨고 싶지 않았다. 그 약속을 깨뜨리기보다는, 그 즐거움을 다른 데에서 찾고 있었다. 하루 빨리 가게를 보다 크게 키우고 싶었다. 솔직히 지금 그의 마음은 그랬다.

이후로도 그녀는 그에게 그런 질문은 하지 않았다. 비슷한 말도 일절 내비치지 않았다. 그러자 그도 그만큼 그녀로부터 자유로움을 느꼈다. 아니, 자유로워졌다.

그러나 아직도 그의 머릿속에서 지워지지 않는 것이 있었다. 지워지지 않고 잔영처럼 각인으로 남아 있는 것이 있었다.

어둠 속에서 고양이 눈처럼 번쩍거리던 그 시선이었다.

그녀의 딸인 어린 꼬마의 그 시선이었다.

눈이 시릴 만큼 시퍼렇던 그 시선, 가슴속까지 파고들던 그 시선을 잊기 위해서라도 그는 바빠야 했다. 애써 바쁘게 살아야 했다. 그러기 위해서라도 그는 가게를 키우기에 전념해야 했다.

그는 자기의 계획대로 했다.

빵의 독특한 맛을 내는 그 비법만은 일러주지 않은 채, 새 기술자를 고용해 자기가 해온 일을 맡겼다.

그뿐이 아니었다.

자주 그는 이 구역을 벗어나 다른 구역들을 방문했다. 그렇게 여기저기로 나돌아다녔다.

어느 날, 그녀가 웃으며 그에게 넌지시 말했다.

"이건 간섭이 아니라는 것을 먼저 말하고 싶어요. 나로서는 하도 궁금해서 또 안 물어볼 수가 없군요."

"무엇이 궁금합니까?"

"이번엔 또 어디를 다녀온 건가요?"

"아, 그저……"

"왜 그처럼 나다니지요?"

"무엇을 좀 알아보기 위해서입니다."

"무엇이라니요?"

"그동안, 나는 이 구역을 벗떠나 거리가 먼 다른 구역들도 여기저기 돌아다니며 살펴봤지요. 그랬더니 이미 진작에 그곳들에까지 소문이 나서, 우리 가게의 빵 맛이 독특하다는 것을 알고 있는 사람들이 너무 많다는 것을 알았습니다."

"그래서요?"

"일부러 선전을 하며 돌아다닌 것도 아닌데, 이미 그쪽에서 그만큼 알고 있다는 것은, 이건 놀라운 발견입니다. 그런 그들을 그냥 둔다는 것은, 이쪽이 그만큼 게으르고 성의가 없다는 뜻입니다. 안 그렇습니까?"

"그래서 어쩌려고요?"

"그쪽에다가 분점을 내는 것입니다."

"분점이라니요?"

"우리 가게와 똑같은 제품을 파는 또 다른 가게입니다."

"그럴 돈이 있나요?"

"우리 가게를 담보로 돈을 빌려서 옆집 가게와 합쳤다는 걸 알고 있잖습니까?"

"그건 나도 알고 있어요. 그렇다면 이번에는 이쪽과 옆집 가게를 담보로 해서……그런가요?"

"나는 어떤 곳이 좋을까를 이리저리 저울질해봤습니다. 여러 군데 중에서 한 곳을 이미 점찍어 놓았습니다."

"그곳이 어딘지는 몰라도, 그쪽에다가 우리 가게의 분점을 내기로 했다는 말이죠?"

"여기가 어미라면, 그 가게는 새끼지요."

"한 어미에 자식은 여럿일 수도 있어요."

"맞습니다. 여러 명일 수도 있습니다."

"기회가 오면, 자식을 또 낳겠다는 말이로군요?"

"또 낳고, 또 낳고, 나는 얼마든지 그럴 것입니다!"

그가 고개를 끄덕거리자, 그녀가 말했다.

"당신은 앞으로도 또 낳고, 또 낳고, 허용이 되는 데까지 분점을 내겠다고 했어요. 그건 좋아요. 얼마든지 그래도 좋아요. 누가 말리는 사람도 없고, 누가 말린다고 해도 들을 당신이, 고집이 꺾일 당신이 아니니까요. 또 당신은 앞으로도 성공할 거예요. 난 그것을 확신해요. 앞을 보는 안목이 있는 데다가, 그것을 밀어붙이는 추진력도 갖추고 있으니까요. 그런데 궁금한 것이 있어요."

"궁금한 것이 또 무엇입니까?"

"당신은 무엇 때문에 그렇게 큰 욕심을 부리나요?"

"욕심이 아닙니다."

"그게 욕심이 아니라면 무엇이죠?"

"목적입니다."

"무엇을 위한 목적인가요?"

"앞으로 나는 내가 하고 싶은 것이 있습니다. 그러기 위해서는 그만큼 그 무엇이 필요하기 때문입니다."

"그 무엇이 무엇인지는 모르겠지만, 그만큼 하고 싶은 것이 큰가 보군요?"

"그것에 대해서 더는 말하지 않겠습니다."

그는 더 이상 구체적으로 말해주지 않았다. 그러나 그것을 그는 알고 있었다. 그것은 자기의 신념을 실천하는 일이었다. 꼭 그러고 싶었다. 그러기 위하여는 그만큼의 무엇이 필요했다. 무엇이란 결국은 돈이었다. 그러기 위하여, 그는 오늘도 내일도 바빠야 한다. 그렇게 살기로 했다.

그런 그에게, 그녀가 혼잣말처럼 조용히 말했다.

"물건을 내려놓으면 몸이 가볍고, 욕심을 내려놓으면 마음이 가볍답니다."

이번에도 그의 예측은 빗나가지 않았다.

보다 크고도 넓은 구역에서 문을 연 분점은 성업 중이었고, 일 년쯤 지나자, 오히려 그쪽이 이쪽의 이익보다도 훨씬 앞설 정도였다. 그러자 이쪽에서 확장을 할 때에 빌린 돈은 물론, 저쪽의 분점에 딸린 빚도 진작 다 갚았다.

그는 이쪽의 본점보다도 그쪽의 분점으로 가 있는 시간이 더 많았다. 본점은 기반이 단단하게 잡혀서 스스로도 잘 돌아갔지만, 그쪽은 작은 빵 공장까지 갖추고 있어서 오히려 본점보다도 규모가 몇 배나 더 컸기 때문에, 그는 그곳에 그만큼 더 신경을 쓸 수밖에 없었다.

이쪽과 저쪽을 오가는 생활에 그는 전보다 몸이 피곤했다. 그러나 마음은 그렇지가 않았다. 몸의 피곤보다는 마음의 즐거움이 더 컸기 때문에, 피곤해도 피곤한 줄을 몰랐다. 그 피곤은 오히려 또하나의 즐거움일 정도였다.

그는 분점 근처에다가 아예 집을 얻어놓고, 어느 때는 그곳에서 며칠씩 묵을 때도 많았다. 그리고 이쪽으로 왔을 때는, 여느 때처럼 안채의 자기 방을 그대로 사용했다.

가게가 이처럼 성장을 하자, 주인 남자는 기뻐했다.

"내가 이렇게 보여도, 사람을 보는 눈이 따로 있다구!"

도망자

주인은 그를 동업자로 택한 것을 부러워하는 단골 술집의 친구들에게 입버릇처럼 자랑을 하곤 했다.

그러나 이를 누구보다도 기뻐한 사람은 주인 남자보다는 그의 딸이었다. 그럴 것이, 그가 겁도 없이 가게를 자꾸만 확장시키자, 그러다가 혹시나 실패라도 하지 않을까, 그때마다 은근히 걱정을 한 사람은 이래저래 실질적인 동업자인 그녀였기 때문이다.

가게가 번창을 하자, 분점까지 성공을 거두자, 그는 이제는 누구의 눈치를 볼 필요가 없었다. 그는 이제는 초라한 종업원의 신분이 아니었다. 주인의 동업자였다. 나아가 가게를 확장시키고, 분점까지 열고 크게 성공을 거둔 공로자였다.

그는 이제는 당당했다.

안채에서도 그랬다. 이제는 누가 그의 행위를 간섭하는 사람도 없었고, 그도 누구의 눈치를 살피지 않았다. 마치 자기의 집인 양, 자기가 주인인 양 자유로웠다. 그에게는 그럴 만한 자격이 충분히 있다고 남들도 그렇게 여기고 있었고, 그의 때로는 지나치다 싶은 행위들마저 자연스럽게 받아들여졌다.

그는 이층에도 마음놓고 오르내렸다.

그녀의 방을 자유롭게 드나들었다. 응접실에 앉아 있지를 않고, 그녀의 침실을 자기의 방처럼 거리낌없이 드나들었다.

그녀도 진작부터 그런 그를 자연스럽게 받아들였고, 이제는 오히려 그를 은근히 기다릴 때도 있었다. 이제 그는 그녀의 침실의 주인이었다.

이쯤 되었으면 으레 결혼 문제가 두 사람의 입에서 자연스레 나올 법도 했다.

　전 같았으면, 그의 입에서 먼저 그런 말이 나왔어야 했다.

　그러나 그는 그런 말을 먼저 입 밖으로 내지 않았다.

　초라한 종업원의 신분에서 주인집의 딸에게 청혼을 했던, 그리고 어떤 이유였건 그녀로부터 거절을 당했던 지난날이 부끄럽고 수치스럽기까지 했다. 이제 그는 종업원의 신분이 아니었다. 당당한 동업자로서 신분이 그만큼 상승이 되어 있었다. 그가 그녀에게 결혼을 하자는 말을 꺼내지 않는 것은 그녀의 입에서 그런 말이 먼저 나오기를 은근히 바라고 있는지도 모른다. 그리하여 지난날의 어떤 상처를 상쇄시키고 싶은 감정인지도 몰랐다.

　아니, 그의 마음속에는 또 하나의 야릇한 감정이 이미 자리를 잡고 있었다. 안에서 자라고 있었다. 둥지 속의 새가 날로 커가듯, 그 또 하나의 감정은 날로 자라고 있었다. 알고 보면, 그녀는 주인집 딸이라고는 해도, 그렇게 떳떳한 입장은 아니었다. 나이도 그보다 연상이었을 뿐만 아니라, 아이까지 딸린 몸이었다. 그것도 아비 없는 사생아의 엄마였다. 그는 이제는 전과는 달랐다. 성공을 거둔 동업자로서 저울 위에 올랐을 때, 이제는 그녀보다 결코 가볍지가 않다는, 오히려 무겁다는 야릇한 자만심이 그의 마음속에 이미 둥지를 틀고 들어앉아 있었다.

　오히려 그녀의 입에서 결혼을 하자는 말이 나올까봐 은근히 경계를 하는 입장이었다.

　그러나 그녀 또한 그에게 결혼을 하자는, 이제는 결혼을 허락하겠다는 말을 먼저 꺼내지 않았다. 응접실에서 그를 침실로 맞아들였지만, 그의 입에서 먼저 결혼하자는 말이 나오지 않는 한, 그때까지 참고 기다리고 있었다.

그녀는 이미 알고 있다. 그를 알고 있었다.

"당신은 불꽃이어요."

"갑자기 그게 무슨 말이죠?"

"불꽃도 그냥 불꽃이 아녜요. 한창 타오르는 불꽃예요."

"도대체 무슨 말을 하고 있는지 모르겠군."

"한창 타오르는 불꽃은 아무도 끌 수가 없어요."

"왜 그렇다는 거요?"

"그만큼 거세기 때문예요. 그 욕망은 어떤 것도 막을 수가 없어요. 나는 물론이고, 당신도 그런 자신을 끄지 못해요."

"내가 나를 그렇다는 것입니까?"

"그래요."

그녀는 웃었다.

그 불꽃이 타다가 스스로 꺼지기를 바랄 뿐이었다. 스러지기를, 그런 날이 빨리 오기를, 그때까지 기다리고 있었다.

그녀가 걱정을 하는 것이 또 있었다. 초가 자기 몸을 태우듯, 그 불꽃이 자기의 몸만 태웠으면 바랐다. 거기서 그치기를, 자칫 남들까지 태우지 않기를 바랄 뿐이었다.

"나는 지금도 당신이 잘 되기를 바라고 있어요."

"고맙소."

"큰 욕심을 버리기를 바라고 있어요. 여기서 그치기를 바라고 있어요."

"작은 욕심은 죄가 아닙니다."

"내가 보기에, 당신의 욕심은 작은 게 아녜요."

"어찌 됐건, 나는 내가 하고 싶은 만큼 할 것입니다."

"지금이라도 분점을 정리하고, 이쪽으로 오기를 나는 바라고 있어요."

"그걸 말이라고 합니까. 그럴 수는 없소!"

"본점만 가지고도 만족하기를 바라고 있어요."

"더는 내가 하는 일에 간섭하지 말아요."

"이건 간섭이 아녜요."

"간섭이 아니면 뭐란 말요?"

"이건 우정일 수도 있고, 애정일 수도 있어요."

그녀는 어쩌면 그것은 연민의 정일 수도 있다는 말은 차마 하지 못했다. 자칫 그의 자존심이 다칠까봐서였다.

"나는 그만큼 당신을 돕고 싶어서예요. 아끼고 있으니까요. 어쩌면 이제는 내가 당신을 더 사랑하고 있으니까요. 알겠어요?"

이윽고 그녀는 자신도 모르는 사이에 입에서 그런 말이 나왔다. 이제는 내가 당신을 사랑한다고 고백을 하고 있었다. 그러나 그녀는 아직도 결혼을 하자는 말은 입밖에 내지 않고 있었다. 그것은 그녀의 자존심일 수도 있고, 어쩌면 굳이 그런 것에는 관심도 없다는 뜻일 수도 있었다.

어쨌거나 그는 이제는 그녀의 말을 귀담아 들으려고 하지 않았다. 간섭이라고 느꼈고, 간섭받기가 싫었다. 그녀의 쓴소리가 이제는 귀에 들어오지 않았다. 귀찮을 뿐이었다.

도망자

그가 그러거나 말거나, 어느 날은 그녀가 또 쓴소리를 했다.

"사람들은 눈으로 보든가, 귀로 듣든가, 냄새로, 맛으로, 또는 촉감으로 모든 것을 느껴요. 그러나 육감이라는 것도 있어요."

"또 무슨 말을 하려고 내게 그런……?"

"그 신비한 감각은 어찌 보면 직감인데, 어떤 경우에는 그것이 앞서의 감각들보다 더 정확할 수도, 정확할 때가 있어요."

"도대체 무슨 소리를 하려는 건지 통 모르겠군."

"남자들보다 여자들은 그런 육감이 더 예민해요. 다른 여자들보다도 나는 더 그래요."

"무슨 말이든지 어서 해봐요. 그만 숨이 막힐 지경이니까."

"나 말고, 당신은 그쪽에도 여자가 있어요. 아닌가요?"

"무슨 소리를 하는 거요?"

그가 화를 내거나 말거나, 그녀는 담담한 어조로 말했다.

"당신에게 또 다른 여자가 생겼다는 것을 나는 이미 알고 있어요. 이미 느꼈으니까요."

"무슨 증거로 그런 뚱딴지 같은 소리를 하는 거요?"

"아까도 말했잖아요. 여자에게는 육감이라는 것이 발달했고, 특히 나는 그것이 남다르다고요. 당신의 행위 속에서 나는 어느 순간부터인가 그것을 느꼈어요. 당신이 직접 그런 말을 한 적은 물론 없어요. 그러나 당신은 어딘가 전에 없이 부자연스러웠고, 나는 용케도 그걸 느꼈으니까요."

"도대체가 무슨 소리를 하는 건지……"

그가 얼버무리자 그녀가 말했다.

걸어서 가는 길

"그렇다고 나는 질투하지 않아요. 그 여자가 누구인지, 알려고도, 알고 싶지도 않아요. 그쪽과 결혼해도 좋아요. 다만 사생아만 낳지 마세요. 죄를 짓지 마세요. 그것만 바랄 뿐예요. 그로 인해 스스로를 묶지 마세요. 그러면 당신은 불행해집니다. 영혼이 초라해지면, 아무리 돈을 많이 가지고 있은들 무슨 소용이 있겠어요!"

아무리 그녀가 이쪽을 사랑하고 아끼는 마음에서 쓴소리를 한다고 쳐도, 쓴소리는 역시 쓴소리였다. 달콤한 소리가 아니었다. 그때마다 그의 비위를 건드렸고, 그를 짜증나게 했고, 성나게 했다.

그는 이제는 그녀의 쓴소리에 넌더리가 날 지경이었다. 더 이상 듣고 싶지가 않았다.

좋아하는 사람끼리 만나도 삶은 짧다. 하물며 싫은 사람끼리 만났을 때, 그 삶은 얼마나 지루하고 길 것인가, 그는 고개를 흔들었다.

더 이상 그녀를 만나고 싶지가 않았다. 그녀를 생각하는 것만으로도 불쾌했다. 그녀는 이제는 그에게 그런 존재였다.

더는 그녀를 만나지 않기로 했다. 그녀로부터 자유로워지고 싶었다. 그녀의 곁에서, 그녀로부터 되도록 멀리 떠나고 싶었다.

모든 빚이 진작에 말끔이 청산되었기에, 지금은 가을에 열매를 따듯 이익만 고스란히 챙기면 되었다. 더구나 분점의 명의는 그의 이름으로 되어 있었다. 그러자 동업자인 본점의 그들도 분점은 당연히 그의 몫이라고 여기고 있었다.

이쯤되자, 그는 홀로 서고 싶었다.

본점보다도 어마어마한 큰 분점이 있고, 그쪽에 집도 얻어놓았고, 모든 것을 유지할 만큼 재력도 있었고, 앞으로도 분점의 수익은 이쪽이 샘물 퍼내듯 한다면, 그쪽은 우물물 퍼내듯 하고, 따라서 재력은 나날이 눈덩이처럼 커갈 것이다. 그는 그럴 자신이 있었다.

이래저래 그는 독립을 하기로 마음을 굳혔다.

그것은 의외로 간단했다. 그가 이쪽에서 그쪽으로 거처를 옮기기만 하면 되었다. 그리고 이곳에 오지 않으면 되었다. 그러면 주인 남자는 아쉬워하겠지만, 그의 딸은, 그녀는 이쪽의 의도를 눈치채고 그때부터는 모든 것을 알아서 스스로 해결할 것이다.

그가 마지막이라 싶은 짐을 챙겨 분점 쪽의 집으로 옮기던 날, 그러나 그녀는 이런 날이 올 줄 알고 있었다는 듯이 별로 놀라는 표정이 아니었다. 그저 담담한 어조로 말했다.

"이제는 누가 당신에게 듣기 싫은 소리를 할 사람이 없어요. 그러니까 더욱 스스로 알아서 해야 해요. 건강하세요!"

"내가 아주 가는 것이 아니잖소."

"가는 사람은 웃고, 남는 사람은 운답니다."

"또 오겠소."

"그건 당신의 자유예요. 오고 싶을 때는 언제든지 오세요. 나의 방문은 언제나 열려 있으니까요."

그녀의 말을 뒤로 하고 그는 안채를 떠났다. 본점을 떠났다. 그 구역을 떠났다. 그녀의 쓴소리로부터 벗어났다.

그러나 그는 그녀의 예리하면서도 섬세한 직감에 감탄을 했다.

걸어서 가는 길

그녀의 말은 옳았다.

여자는 남자를 속일 수가 있어도, 남자는 여자를 속일 수가 없다는 것을 알았다.

당장은 속일 수가 있어도, 그것이 영원할 수 없다는 것을 알았다.

분점 쪽에 그는 집을 진작 얻어놓았었다. 그리고 가정부까지 고용을 했다. 가정부를 고용했다는 것을 본점 쪽에서는 아무도 몰랐다. 그녀에게도 말하지 않았었다. 그런데도 그녀가 용케도 그것을 눈치챈 것이다.

그녀의 이런저런 쓴소리가 지레 겁이 나서, 그는 그런 사실을 그녀에게 말한 적이 없었다. 그랬건만 그녀는 어느 틈에 그것을 감지한 것이다. 어찌 보면 그것은 그의 작은 실수에서 비롯된 것인지도 모른다. 속옷을 벗어놓을 날짜에 분점 쪽 집에다가 벗어놓자, 그리하여 제 날짜에 속옷을 벗지 않았는데도, 그렇다고 꾀죄하지가 않은 속옷이라든가⋯⋯

가정부는 그저 평범한 여자였다.

가진 재산도 있을 리 없고, 인물도 그렇고, 가진 소양도 그렇고, 그녀보다 못하면 못했지 더한 것이 없었다. 그 가정부는 그가 본점 쪽에 가 있을 때면 혼자 빈집을 지키곤 했다. 그리고 그는 그가 분점 쪽의 집에서 머물게 될 때, 여지껏 가정부의 방을 기웃거린 적도 없었다.

그랬건만, 그는 차츰 자기가 가정부에게 은근히 신경을 쓰고 있다는 것을 뒤늦게 알았다. 여러 모로 그녀보다 훨씬 뒤지는 여자이면서도, 차츰차츰 가정부가 더 돋보이기 시작했다. 무엇보다도 가정부는 그에게 쓴소리를 하지 않았다. 그의 집에 고용된 가정부인 만큼 자기의 책무만 다할 뿐, 그리고 약속된 급료를 제때에 받으면 그만이었다. 그것이 그에게는 더없는 그녀만의 미덕이었다.

어느 날 밤, 거실에 혼자 앉아서 술을 마시던 그는 문득 가정부를 가까이 오게 했다. 그리고 그가 술을 권하자, 활달한 성격의 그녀는 마다하지 않았다. 함께 술을 마셨고, 그러다가 함께 침실로 들어갔다. 그녀는 그의 욕구를 선선히 받아들였다. 어쩌면 가정부의 신분으로서 그러는 것이 당연하다는, 어쩌면 그가 그래 주기를 진작부터 기다렸다는 듯이, 그를 온몸으로 받아들였다.

그가 본점의 안채에서, 이층에서 그녀로부터 쓴소리를 들을 적마다, 그는 분점 쪽의 가정부를 머릿속에 떠올릴 때가 많았다. 그녀로부터 쓴소리가 아프다고 느껴질 때마다, 그 쓴소리를 피하여 마음은 이미 가정부에게로 달려갈 적이 많았다.

어찌 됐건, 가정부는 이제는 그의 피난처가 되었다. 가정부는 그녀의 쓴소리를 피해서 달려오는 그에게 따뜻한 안식처가 되어주었다. 쓴소리에 지친 그에게 쓴소리를 하지 않는 것만으로도 그의 피난처이자 안식처가 되기에 충분했다.

분점 쪽의 그의 집으로 돌아오자, 그는 이제부터는, 앞으로는 이곳이 자기 집이라고 다짐했다. 그쪽과는 결별을 했기 때문이다. 그쪽은 생각하지 않기로 했다. 아니, 생각하기도 싫었다.

가정부가 혼자 집을 지키고 있다가 얼른 말했다.

"짐을 다 옮기셨어요?"

"다 옮기다니?"

"이제는 이쪽에서 사실 생각이 아니신가요?"

"그걸 어찌 알았소?"

"여자는 직감이 있거든요."

가정부가 웃었다.

"그 직감이라는 것이 도대체 뭐요?"

"그건 하늘이 준 선물예요."

"응?"

"특히, 여자에게 준 선물이라고요."

"무슨 소린지 모르겠네."

그가 어이없어 하자, 그녀가 말했다.

"틀림없다니까요."

"왜 여자에게만 주었지?"

"여자니까요."

"아하핫!"

그는 크게 웃었다. 오랜만에 웃어본 통쾌한 웃음이었다.

그는 자기의 방으로 들어갔다.

그러나 쉽게 잠이 오지 않았다.

응접실로 나가서 술을 마셨다. 혼자 마셨다. 모처럼 많이 마셨다.

가정부는 하루 일이 고달프자, 이미 잠이 든 모양이었다.

그는 자기도 모르게 가정부의 침실 쪽으로 다가가고 있었다. 이
여자가 방문이나 잠그고 자는지 염려스러워서였다. 그러나 비틀비
틀 그리로 다가갈수록 그는 그런 목적뿐이 아니라는 것을 느꼈다.

문득, 전에 없이 그 방문 앞에 누가 서 있었다.

길을 막고 있었다.

그것은 불꽃이었다. 어둠 속에서 고양이 눈처럼 번쩍거리는 그 시선이었다.

가정부의 방문 앞에 누가 서 있을 리가 없었다.

길을 막고 있을 리가 없었다.

그러나, 그 시퍼런 불꽃!

어둠 속에서, 고양이 눈처럼 번쩍거리던 그 시선!

이곳은 본점의 안채가 아니었다. 그 이층도 아니었다. 하기에 그녀의 딸인 꼬마가 이곳에 있을 리가 없었다. 그런데도 그 시선은 지금 이곳에서도 그를 뚫어지게 지켜보고 있는 것이다.

그것은 어른거리는 환영(幻影)이었다.

그 환영을 그는 두 눈으로 보고 있었다. 아니, 마음으로 느끼고 있었다.

너는 지금 무슨 짓을 하려는 것이냐, 또 무슨 과오를 저지르려는 것이냐, 그 시선은 그의 양심을 찌르고 들어왔다. 빵 가게 주인의 딸을 농락한 것만으로는 부족하냐고 꾸짖고 있었다.

나는 그런 적이 없어. 그녀를 농락하지 않았어. 그는 크게 도리질을 했다. 서로가 좋아했던 거라구. 서로가…… 꼬마야! 넌 무언가 잘못 알고 있는 거야. 잘못 알고 있다구. 그날 밤에, 내가 너의 엄마의 방문을 두드린 것은 사실이야. 그러나 그럴 만한 일이 있어서였어.

그럴 만한 일이 뭔데?

그건 가게의 일로⋯⋯

가게의 일이란 게 도대체 뭔데?

급히 의논할 게 있어서⋯⋯

급한 일이란 게 도대체 뭔데?

그 고양이의 눈은 집요했다. 숨을 돌릴 틈도 주지 않고 그의 양심에다가 자꾸만 질문을 던졌고, 그럴 때마다 그는 마음속으로 그때마다 어물어물 대꾸하고 있었다.

왜 얼른 대답을 못하지?

글쎄, 그게 뭐랄까⋯⋯

왜 대답을 못하고 쩔쩔 매지?

아이들은 어른들을 이해하지 못할 때가⋯⋯

모두가 거짓말, 당신은 거짓말쟁이라구!

내가?

위선자! 위선자! 위선자! 당신의 죄는 당신이 더 잘 알고 있어! 알아?

그의 귀에 비웃음소리와 꼬마의 목소리가 함께 들려왔다.

그러자 그도 덩달아서 크게 웃어댔다.

"하하하하. 아핫핫핫. 으핫핫핫."

그것은 텅 빈 웃음소리였다. 스스로를 경멸하는 자조의 웃음이었다.

웃음소리가 얼마나 컸던지, 방안에서 가정부가 응접실로 달려나왔다. 잠에서 깨어났는지 잠옷 차림이었다.

"왜 그러세요?"

그러나 그는 대꾸하지 않았다. 그녀가 잠옷 차림이라는 것도 눈에 들어오지 않았다. 멍한 표정으로, 동공이 풀린 시선으로 그저 의자 위에 앉아 있었다.

"술 취하셨나봐요?"

가정부는 탁자 위에 놓인 술병이 이미 비어 있다는 것을 알자, 그가 술을 많이 마신 것을 눈치채고,

"피곤하실 텐데, 그만 들어가 주무세요."

그를 부축하여 그의 침실로 안내했고, 침실에서 나간 그녀가 밖에서 방문을 조용히 닫고 사라졌다.

침대에 쓰러져 있는 그는 아직도 깨어 있었다. 얼른 잠들지 못했다. 자꾸만 어떤 환영이 의식 속에서 또렷했고, 어떤 환청이 들려왔고, 그때마다 그는 혼자서 중얼거렸다.

"나는 잘못한 게 없다니까. 서로가 좋아했다니까. 서로가……"

"넌 위선자야! 위선자라구!"

또다시 들려오는 그 말에, 이제 그는 더는 버티지를 못했다. 그만 풀이 죽은 어조로 비로소 중얼거렸다.

"하긴 내가 잘못했어. 내가 그녀의 응접실에서 침실로 들어간 건 사실이었지. 그녀는 그런 나를 너그럽게 용서했어. 그러나 더는 용납하지 않았다구. 그러자 그녀의 방문을 두드렸고, 그랬어도 그녀는 방문을 열어주지 않았어. 방문을 두드리고, 또 두드려도…… 그랬던 거야. 어찌 됐건 나는 그 보답을 해야 했다. 뒤늦게라도 내가 먼저 청혼을 해야 했어. 그러나 나는 쇠고기가 닭고기를 보듯이 그녀를 무시했지. 내가 밑지기라도 하는 양 그녀를 얕보며, 앙갚음이

걸어서 가는 길

라도 하려는 듯 꺼려했고, 마침내 결별을 하고 이쪽으로 떠나왔지. 그게 나라구! 나였다구! 아암, 그렇고 말고!"

그러면서 그는 자신도 모르게 소리쳤다.

"그러니, 나를 더 이상 괴롭히지 말아다오, 더 이상……"

"괴롭힌 건 너지, 내가 아니라구."

"내가 나를……?"

"나는 또 너를 찾아올지도 몰라."

"또?……. 도대체 어디까지 나를 따라올 셈인가?"

그가 이번엔 혼잣말로 흥얼거렸다. 엉? 맙소사! 지구의 끝까지, 빛의 나라까지 따라와서 나를 괴롭히겠다고?

빛의 나라…… 어디서 들어본 말 같은데…… 도대체 그 빛의 나라가 뭐지?

"몰라서 물어보는가?"

"잊어버렸어. 전에는 알았더라도, 지금은……"

"이미 잊어버렸다고?"

"아직 그런 건 아니지만……"

"다시 물어보겠다. 넌 빛의 나라를 아는가, 모르는가?"

"몰라, 난 몰라!"

너무 지겨운 나머지, 그도 잔뜩 화가 난 목소리로, 또렷한 목소리로 소리쳤다. 처음으로, 그것도 아주 큰 목소리로 부인했다.

그런 그가 조금 뒤에 아주 조용한 어조로 중얼거렸다.

"좋아! 그렇다면 이제는 나도 생각이 있다구. 쥐도 새도 모르게 이곳을…… 다른 곳으로 떠나겠다구. 그렇다고 본점으로 되돌아가겠다는 것은 아니라구. 그녀의 쓴소리가 싫어서, 그녀를 피해 이곳으로 도망쳐 왔는데, 그래서 그녀로부터 모처럼 자유로와졌는데, 내가 왜 그곳으로 다시 돌아가겠나. 그건 미친 짓이라구. 그곳도, 이곳도 아닌 다른 곳으로, 보다 멀리, 보다 넓은 지역으로…… 그러면 나를 못 찾겠지. 그 많은 사람들 틈에서, 나를 어떻게 찾아내겠어! 좋아, 그러자구! 아주 먼 곳으로, 아주 넓은 곳으로 떠나가자구. 내일 당장…… 저놈의 시퍼런 고양이 눈이 안 보이는 곳으로, 따라오지 못할 곳으로, 찾아오지 못할 그런 곳으로……"

그러다가 그는 겨우 잠이 들었다.

간 밤에 술에 취했었고, 더구나 오랜 동안 환각에 시달렸었기 때문에, 그는 다음날 침대에 누워서 일어나지를 못했다.

하루 종일 침대를 떠나지 못했다.

비록 그것이 환각 상태였었다고 해도, 너무나도 생생한 어젯밤의 기억들이었다. 그는 그것을 되살려가며 곰곰이 생각하고 또 생각했다.

그는 그녀를 피해서 이곳으로 떠나왔다.

그런데 이곳에서도 자유롭지가 못했다. 이번에는 그녀 때문이 아니었다. 이곳까지 따라온 그놈의 고양이 눈 때문이었다. 그 시퍼런 시선 때문이었다.

그에게 걱정스러운 것이 또 있었다. 가정부는 아직 젊다. 이러다가 그녀가 임신을 한다면, 그래서 사생아라도 생긴다면……

이래저래 이곳도 도피처가 되지 못했다. 안식처가 되지 못했다.

이윽고 그는 결론을 내렸다. 이곳으로부터 다시 떠나기로, 보다

걸어서 가는 길

멀리 떠나기로 했다.

그렇다고 내일 당장 떠날 수는 없었다. 이것저것 정리를 하자면 아무래도 많은 시간이 필요했다.

좀 더 차분히 생각하면서, 그러다가 어느 때는 그러기로 했다.

도망자

길 아닌 길

그 지역을 멀리 떠나온 그는 이곳에서도 빵 가게부터 시작했다. 그의 가게에서 파는 독특한 맛의 빵은 까다로운 이곳 사람들의 입맛도 대번에 사로잡았다. 처음에는 으레 그렇듯이, 가게가 자리한 구역부터 시작하여 곧 이웃 구역으로 빵의 독특한 맛이 소문이 났고, 한 걸음 더 나아가 그가 입소문을 퍼뜨릴 사람들까지 짐짓 고용을 하자, 그 소문은 보다 빨리 이 드넓은 지역의 구석구석에까지 퍼져나갔다.

그는 다른 구역들에다가도 분점을 차리기로 했다. 그러나 그럴 필요가 없어졌다. 넓은 지역일수록 그만큼 사람들도 많이 모여서 살았기 때문에, 두뇌 회전이 재빠른 사람들도 많았다. 너도나도 스스로 찾아와서 그의 가게의 분점을 차리겠다고 나섰다. 계약을 하면서, 그들은 본점에서 파는 똑같은 품질의 빵을 공급해달라는 조

걸어서 가는 길

건을 잊지 않았다.

이쯤 되자, 그는 이쪽의 수고를 덜어주겠다는 그들에게, 제때에 제품을 공급해 주기만 하면 되었다. 그는 아예 거대한 빵 공장을 설립했다. 대량 생산이었고, 그만큼 엄청난 이익이 돌아왔고, 그만큼 재산이 나날이 늘어갔다.

넓은 집으로 옮겼다.

집에는 가정부와 심부름을 하는 나이가 듬직한 수종을 따로 두었다.

집이 넓기에, 도둑을 지키는 사나운 개들이 두 마리나 있을 정도였다. 새장들 안에서는 진귀한 새들이 지저귀며 집의 허전함을 메워주었고, 정원의 연못 속에는 물고기들이 한가롭게 헤엄치며 노닐었다.

그러나 한 가지 동물만은 기르지 않았다.

고양이였다.

주인인 그는 그것만은 집안에서 키우지 않았고, 못하게 했다. 왠지 그랬다.

그러자 집안에는 차츰 쥐들이 나돌아다녔다. 이웃집이나 동네의 쥐들도 놀러올 정도였다. 그의 집에는 쥐들이 겁을 먹는 고양이가 없기 때문이었다.

"아무래도 주인께 우리도 고양이를 키우자고 해야겠어요."

가정부가 말하자, 수종이 고개를 저었다.

"그래도 소용없을 거야."

"요즘 들어 쥐들이 더욱 극성을 부리며 돌아다닌다는 것을 주인도 모르실 리가 없을 텐데……"

"이거 안 되겠다 싶어, 며칠 전에도 내가 그런 말씀을 드렸건만, 못 들은 체하시더라구."

"도대체 주인은 왜 고양이를 키우지 않으실까 모르겠어요. 아이들은 고양이를 품에 안고, 어른들도 고양이 머리를 쓰다듬으며 귀여워하건만…… 어느 집에서는 여러 마리를 키우기도 하는데, 우리 주인은 한 마리도 허용을 하지 않으시니, 참 알다가도 모를 분이라구요."

가정부가 안내켜 하자, 수종이 중얼거렸다.

"그놈의 고양이가 어찌 보면 그럴 만도 하지."

"뭐가 그렇단 말인가요?"

"개는 충성심이 강해서, 아무리 사나운 개라도 짓궂은 주인집 어린아이가 막대기로 때리면, 그때마다 슬쩍슬쩍 피할 뿐인데, 고양이는 다르다구. 무릎 위에 앉혀놓고 밤낮으로 쓰다듬어 주며 귀여워해도, 어쩌다가 자기를 귀찮게 굴면 눈살을 잔뜩 찌푸리며 그 날카로운 발톱을 뽑으려고 들거든."

"그렇긴 해요."

"또 그놈의 눈은 어떤가! 낮에 보면 그렇지도 않은데, 밤에 보면 고양이 눈은 시퍼런 불을 내뿜는다구. 파아란 불꽃이 뚝뚝 흘러내린다구. 그러니 밤에 고양이의 시선과 마주치면, 아무리 어른이라도 가슴이 섬뜩해진다구."

"그러고 보면 우리 주인도 어느 때에 고양이한테 되게 혼이 나신 적이 있었던 모양이에요. 그렇지 않고서야 저렇게 고양이를 싫어하실 수가 없잖아요."

"그럴는지도 모르지. 어쨌든 집에서 고양이를 키우자는 말은 아예 꺼내지도 말게나."

그의 집에는 나름대로 불문율이 또 있었다.

거지들이 많이 돌아다녔다. 집집의 대문을 두드리며 구걸질을 했다.

그의 집 대문 앞에도 예외는 아니었다. 거지들이 찾아와서 문을 두드리곤 했다.

무슨 생각에서인지, 그는 수종에게 날마다 일정한 돈을 맡겼다. 그리고 그때마다 금액을 똑같이 갈라주어 돌려보내라고 했다.

그러나 그 금액은 그렇게 많지가 않아서 대문을 두드리는 몇 명의 거지에게 골고루 나누어 주고 나면 끝이었다.

어느 날 아침, 대문 앞이 시끄러웠다. 마침 그가 정원을 거닐고 있을 때였다.

호기심을 느낀 그가 대문 앞으로 가 보았다.

열려진 대문 안에는 수종이, 대문 밖에는 낯 모를 두 명의 거지가 서 있었다. 한 명은 나이가 들었고, 한 명은 어린 거지였다.

"무슨 일인데 이렇게 시끄러운가?"

그가 물어보자, 어이없다는 표정으로 수종이 말했다.

"보시다시피 대문 밖에 서 있는 저들은 날마다 아침이면 우리집을 찾아오는 단골들이지요. 그런데 오늘 아침 따라 어처구니 없는 일이 생겼지 뭡니까."

"무슨 일인데 그러나?"

"저들은 오늘 아침에는 거의 동시에 찾아왔습죠. 그러자 오늘도 저들에게 돈을 갈라서 공평하게 나누어 주려고 하는데, 저 나이 먹은 자가 여느 날과 달리 투정을 부리지 뭡니까."

"뭐라고 하던가?"

"날마다 요것이 뭐냐. 요즘에는 물가도 올랐는데, 주려면 좀 더 주든가, 아니면 내일은 오지 않을 테니, 내일 것까지 주면 안되겠느냐고 이죽거리며 숫기 좋게 넉살을 부리지 뭡니까. 내 참!"

"그래서 자네가 화를 내고 있었구먼?"

"그럼 화가 나지 않겠습니까. 주는 대로 받아갈 것이지. 안 그렇습니까!"

"알겠네."

그는 수종의 손에 들려 있는 돈을 나꿔 채듯이 가져갔다. 그리고 두 사람의 몫을 어린 거지에게 내주고는 얼른 돌아서서 저쪽으로 가버렸다.

뒤에서 대문 닫기는 소리가 크게 들려왔다.

그런 일이 있은 후로, 그의 집 대문 앞에서는 전에 없었던 일이 벌어졌다.

찾아오는 거지들은 돈을 받아쥐면 허리를 한 번도 아니고 두 번씩 굽히며 감사를 했고, 수종으로부터 그 소식을 들은 그는 무슨 생각에서인지 거지들에게 골고루 나누어 주라면서 돈을 갑절로 늘렸다. 소문이 퍼지자 더 많은 거지들이 찾아왔고, 세 곱절로 늘리자, 이제 그의 집 대문 앞은 거지들이 줄을 서다시피 했고, 그때마다 주인의 너그러움에 거듭거듭 감사하는 야릇한 모습들이 끊이지

걸어서 가는 길

를 않았다.

세월이 지났어도, 그는 그 바위산을 아직도 기억하고 있었다. 그곳을 찾아갔었을 때의 그 거지 대장의 표정이며 말들을 아직도 또렷하게 기억하고 있었다. 잊혀지기는커녕 요즘에도 문득문득 떠오를 때가 많았다.

그는 알고 있었다.

찾아오는 거지들의 숫자가 날마다 늘어간다는 것을, 그날그날 수종의 입을 통해 듣고 있었다.

그들의 숫자가 날마다 늘어간다는 것은, 불평을 하는 거지에게는 그나마의 적선도 베풀지 않고, 감사하는 마음으로 받아가는 자에게는 그만큼 웃돈이 생길 수도 있는 집이라면서, 이미 거지들의 사이에서 소문이 그만큼 퍼져 나가고 있다는 증거였다.

그가 몇 명의 거지들에게만 나누어 주라고 수종에게 돈을 인색하게 맡긴 것은 이유가 있어서였다. 일찍 일어나는 새가 벌레를 많이 잡는 법이다. 누구든지 먼저 찾아오는 사람에게 내주라는 뜻이었다. 그 집의 주인은 게으른 자에게는 아무에게도, 한 푼도 적선을 하지 않는다는 것을 그들의 마음속에 심어주려는 뜻에서였다.

그가 돈을 자꾸자꾸 늘린 것은 그때마다 주인에게 고마워하는 소리가 그의 귀에까지 들려왔고, 언제 들어도 그것이 싫지가 않아서였다. 그때마다 기분이 좋아서였다. 가는 정이 있으면 오는 정이 있어야 한다. 이쪽에서 애써서 번 돈을 나누어 주면, 그 대가로 그들은 이쪽에게 감사할 줄을 알아야 한다. 그것은 당연한 이치이고 도리였다. 허기에 이쪽에서는 그늘로부터 받는 감사의 말에 어색

해할 것도, 더구나 부끄러워해야 할 이유가 없었다.

그는 전에 헤어진 스승을 요즘에도 가끔 머릿속에 떠올릴 때가 있었다.

그러나 이제는 그리워한다거나, 좇으려고 하지 않았다. 나름대로 엉뚱하게도 그분의 가르침을 비판하기 시작했다.

언젠가 스승은 말했었다.

진리에 어긋나면, 마음도 그만큼 자유롭지가 못하다고.

그러나 이제 그는 알고 있다.

돈의 위력과 그 소중함을 알고 있다.

못 가진 자는 남에게 무엇을 베풀고 싶어도 그럴 수가 없다. 그러나 가진 자는 그렇지가 않다. 베풀고 싶으면 언제든지 베풀 수가, 베풀고 싶은 만큼 풍족하게, 자유롭게 베풀 수가 있다. 돈이란 그런 것이기에, 많을수록 좋고, 우선 많아야 한다. 어느 때, 어디에 쓰건 그것은 그다음의 문제인 것이다.

결국은 가진 자가 진리였다. 물질이 얼마나 사람을 자유롭게 하는가를, 돈만 있으면 귀신도 부릴 수가 있다는 것을 그는 세삼스레 느끼고 있었다.

스승의 가르침에도 허점이 있었다. 허점이 많다고 그는 그렇게 느끼고 있었다. 스승의 허점이 발견되었으면, 그 허점들을 나름대로 깁고, 고치고 싶었다. 이치에 맞지 않는 것을 바로 잡는 것은 당연하고, 그것이 제자의 도리이기도 하다면서 그는 자신을 그때마다 당연시했다.

독특하게 맛을 지닌 빵으로 성공을 거둔, 그리하여 엄청난 부를

걸어서 가는 길

축적한 사람이라고. 그는 이 넓은 지역에서 이미 명성이 널리 알려져 있었다. 명성만큼 유명 인사가 되었다. 그만한 부와 명성을 지닌 사람이 무엇 때문인지 아직까지도 아내가 없이 혼자 산다는 것을 알고, 신분에 걸맞는 신부감이 있다면서 사람을 중간에 넣어 여기저기에서 은근히 중매가 들어올 정도였다.

어쨌거나, 그는 이제는 홀로 서고 싶었다.

스승으로부터, 스승의 가르침으로부터 자유롭게 홀로 서기로 했다.

그리고 이제부터는 나름대로의 신념을, 이상을 실천에 옮기기로 했다. 그럴 때가 되었다고 그는 느끼고 있었다.

하루는 웬 낯선 남자가 그를 찾아왔다. 콧수염을 기른 점잖은 사내였다.

어느 교주(敎主)가 보낸 사람이었다.

이 지역에 사는 사람들이라면 모르는 사람이 없을 정도로 명성이 드높은, 그리하여 그도 진작부터 소문으로 알고 있던 교주였는데, 그쪽에서 먼저 이렇듯 사람을 보낸 것이다.

"나를 찾아온 목적이 무엇입니까?"

"우리 교주님께서 당신을 만나고 싶어하십니다. 그래서 저를 직접 보내신 것입니다."

"왜 나를 보자고 하시지요?"

"그건 저도 잘 모르겠습니다. 그러나 댁이 그럴 만한 분이니까 그분께서 보시자고 한 것이 아닐까요?"

길 아닌 길

"글쎄요."

그가 망설거리자, 상대방이 말했다.

"우리 교주님께서는 너무 바쁘신 분이라서, 웬만한 분은 뵙고 싶어도 뵐 수가 없는 분이십니다."

그러니 이런 좋은 기회를 놓치지 말라는 뜻이었다.

"그러실 테지요."

조금 후에 그는 승낙을 했다. 명성이 드높은 그 교주는 도대체 어떤 사람인지, 그쪽에서 왜 먼저 사람을 보내어 무엇 때문에 만나자고 하는 것인지, 그도 야릇한 호기심을 느꼈기 때문이다.

교주를 만나러 가는 도중에, 콧수염을 기른 젊잖은 사내가 넌지시 그에게 물어봤다.

"우리 교주님에 대해서 알고 계십니까?"

"소문으로……"

"우리 교주님은 지금까지 많은 기적을 행하신 분입니다."

"어떤 기적이지요?"

"그동안 우리 교주님은 많은 병자들을 고쳐주셨습니다. 이를 테면, 귀신 들린 자에게서 귀신을 쫓아내고, 심한 우울증에 걸린 자들을 쾌유케 하는 등……그것만으로도 대단한 분이 아닙니까?"

"하기는."

"그뿐이 아닙니다."

"또 무엇입니까?"

"우리 교주님은 신통력을 지니신 분입니다."

"신통력이라니요?"

걸어서 가는 길

"이를 테면, 상대방이 어떤 사람인지, 지금 무슨 생각을 하고 있는지를 용케도 아시는 분입니다."

"그래요?"

"그뿐이 아닙니다."

"또 무엇입니까?"

"상대방을 어떻게 해야 구원할 수 있는지, 상대방은 어떻게 해야 구원을 받을 수 있는지를 알고 계십니다."

"구원이라고 하셨습니까?"

"그렇습니다. 구원!"

"구원이라면?"

"지금 우리가 살고 있는 지구에는 곧 종말이 옵니다. 지상 세계가 끝장이 나고, 그날이 오면 인류는 모두 죽습니다. 오직 적은 수의 구원받은 자들만이 살아남습니다!"

콧수염의 사내가 말을 이었다.

"우리 교주님은 참으로 현명하고 인자하신 분입니다. 오늘날 우리가 우러르는 분들 중에서 가장 훌륭하신 분입니다. 그런 분을 우리가 이렇듯 가까이 모실 수 있다는 것은 참으로 복된 일이고, 다행한 일입니다."

"으음."

"그분은 우리를 늘 걱정하십니다. 지상에 종말이 가까우면, 그럴 듯하지만 거짓된 자들이 많이 나타나 사람들을 미혹하니 속아 넘어가지 말라고 말입니다. 아마, 당신도 우리 교주님을 뵙고 나면, 그분이 어떤 분이라는 것을 당장 알게 될 것입니다."

그러자 그가 문득 말했다.

"궁금한 것이 있습니다."

"그게 무엇이지요?"

"나를 찾아온 당신은 이미 내 이름을 알고 있었습니다. 그걸 어떻게 아셨지요?"

콧수염의 사내가 빙긋이 웃으며 말했다.

"그것쯤 쉬운 일이 아니겠습니까. 당신은 이미 이 지역에 그만큼 이름이 널리 알려져 있는 분입니다. 안 그렇습니까?"

"글쎄요."

말을 얼버무렸지만, 그는 그 말이 싫지 않았다.

"어디 그뿐입니까?"

"또 무엇을……"

"우리 교주님은 당신의 댁까지도 이미 알고 계셨습니다."

"뭐라고요?"

"그것도 알려고만 하면 얼마든지 가능한 일이 아니겠습니까?"

"하기는……"

"그뿐이 아닙니다. 당신의 집에는 집을 지키는 개들이 두 마리씩이나, 그리고 새장들 속에는 진귀한 새는 물론 연못 속에는 물고기들이……"

"허헛."

"그러나 한 가지 특이한 것은, 집에서 고양이를 키우지 않는다는 것입니다."

"아니, 그런 것까지 어떻게……"

걸어서 가는 길

그가 어이없어하자, 상대방이 오금을 박듯 힘주어 말했다.

"중요한 것은, 우리 교주님이 당신의 이름이며 살고 있는 집의 위치며 그 밖의 다른 것들도 이미 다 알고 계시다는 것이 아닙니다. 더 중요한 것이 있으니까 말입니다."

"더 중요한 것이라니요?"

"이미 우리 교주님은 당신에 대해서 그만큼 관심을 가지고 계시다는 사실입니다. 그게 중요한 것입니다. 부럽습니다!"

"부럽다니요?"

"일찍이 우리 교주님이 그렇듯 관심을 보인 경우는 드뭅니다. 당신은 우리 교주님으로부터 선택을 받은 사람입니다. 그러니 우리로서는 그런 당신이 부러울 수밖에요."

"선택을 받은 사람이라고요?"

"그렇습니다. 그것도 우리 교주님으로부터 특별히 '선택받은 자' 입니다!"

"……"

"말이 없으신 걸 보니 얼른 이해가 가지 않으시는 것 같은데, 그렇다면 좀 더 설명을 드리겠습니다."

그러면서 콧수염의 사내가 말했다.

"우리 교주님은 빛의 나라—에서 오신 분입니다."

"빛의 나라?"

"그렇습니다! 그분은 그 빛의 나라에서 오신 분입니다. 우리들을 구원하러 오신 분입니다. 그분은, 그 빛의 나라에는 아무나 들어갈 수가 없다고 우리들을 가르치십니다. 그곳으로 늘어가려면, 오직

한 가지 길밖에는 없다고 하십니다. 빛의 계단—으로 올라가야 한다고 말씀하십니다."

"빛의 계단이라고 하셨던가요?"

"그렇습니다. 빛의 계단…… 왜요, 어디서 들어보셨습니까?"

"말씀을 계속해보십시오."

"아까도 말씀드렸듯이, 머잖아서 우리가 살고 있는 이 지구에는 종말이 오고, 그러나 바로 그날에 빛의 나라에서는 큰 잔치가 열립니다."

"무슨 말씀인지……"

"그런데, 우리 교주님의 말씀을 따르던 신자들이라고 해도, 모두 다 그 잔치에 참여할 수는 없습니다. 그들 중에서도 '초대받은 자'들과, 다시 그들 중에서도 '선택받은 자'들만이 참여할 수가 있습니다. 물론 선택받은 자들이 우선인 만큼, 더 높고 더 좋은 자리에 앉게 됩니다."

"그렇다면 당신은 어떤 위치에 있는 분입니까?"

그가 흥미를 느끼며 물어보자, 콧수염의 사내가 조금 후에 한숨을 내쉬며 말했다.

"나는 불행하면서도 행복하고, 행복하면서도 불행한 사람입니다."

"그게 무슨 말씀이지요?"

"솔직하게 말씀드리지요. 우리 교주님의 가르침을 따르는 신자들 중에서도, 나는 초대받은 자들, 그들 중에 서도 선택받은 자들에 속하니 그나마 다행이라서 행복하고, 그러나 당신처럼 우리 교주님으로부터 아주 특별히 선택받은 사람들 중의 한 사람이 아직 못됐으니, 이 얼마나 불행합니까!"

"나는 아주 특별히 선택받은 자라고요? ……아까 댁에서는 이런 말씀을 했습니다. 그 교주께서는, 지상의 종말이 가까우면 거짓말쟁이들이 많이 나타나 많은 사람들을 미혹한다고요."

그러자 콧수염의 사내는 나름대로 무엇을 새삼스레 확인이라도 했다는 듯이, 고개를 끄덕거리며 힘주어 말했다.

"그걸 기억하고 계시군요. 그렇습니다. 그분의 말씀은 옳습니다. 오늘날에도 벌써 그런 증거가 여기저기에서 나타나고 있잖습니까. 빛의 나라를, 빛의 계단을 어쩌니 저쩌니 이야기하면서, 자기는 그곳에서 왔으니 자기의 가르침을 따르라고 많은 사람들을 미혹하는 자들이 한둘이 아니잖습니까. 그러니 우리는 그런 자들에게 속지 않도록 항상 경계해야만 합니다!"

그들은 큰 성전 앞에 이르렀다.

두 사람은 응접실인 듯한 별채의 어느 방으로 들어갔다. 그곳에는 이미 일고여덟 명이 의자 위에 앉아서 차를 마시며 즐겁게 이야기를 나누고 있었다. 여자들도 끼어 있었다.

콧수염의 사내가 그들과 조금 떨어진 한쪽 자리의 의자를 그에게 권하며 작은 목소리로 말했다.

"오늘, 저 사람들도 당신처럼 우리 교주님의 부르심을 받고 온 사람들입니다. 그들 중의 네 명이 그렇습니다. 그러나 그들과 당신은 엄연한 차이가 있습니다. 그들은 초대받은 사람들이고, 당신은 특별히 선택받은 사람이라는 점에서 그렇습니다."

길 아닌 길

"그렇다면 그들 네 사람 말고, 또 네 사람은 누구지요?"

"아하! 또 다른 네 사람 말입니까? 그들은 내가 당신을 이곳까지 모시고 왔듯이, 초대받은 그들의 안내자들입니다. 그들은 처음에는 안내자, 이제부터는 끝까지 초대받은 사람들의 반려자가 됩니다. 물론 이제부터는 나도 당신의 반려자로서 가장 가까운 사이가 되어 이것저것에 대해서 그때마다 의논할 것입니다."

그때, 두 사람은 대화를 멈추었다. 예쁜 소녀가 두 사람에게 차를 날라왔기 때문이다.

탁자 위에 놓인 찻잔을 가리키며

"자, 드시죠!"

콧수염의 사내가 그에게 넌지시 차를 권했다.

그는 찻잔을 들어 입으로 가져갔다. 차의 향기가 콧속을, 혀끝을 은은하게 간지럽혔다. 그는 세상에서 이렇듯 향기롭고 감미로운 차는 일찍이 마셔본 적이 없었다.

"이게 무슨 차지요?"

콧수염의 사내가 웃으면서 말했다.

"은은한 향기로움과 감미로움…… 차의 맛이 독특하게 뛰어날 것입니다. 우리 성전에만 있는, 그 독특한 제조 비법은 우리 성전에서도 손가락을 꼽을 정도의 몇몇 사람만이 아니까요."

"이 차를 앞으로도 자주 마셨으면 합니다."

"아무나 마실 수는 없고, 그러나 우리 교주님으로부터 초대받은 자들과 선택받은 자들, 특히 선택받은 자들은 그게 가능합니다. 그들은 아주 특별한 분들이니까요."

걸어서 가는 길

"그만큼 귀중한 차로군요?"

새삼스레 차의 그 향기로움과 감미로움을 느끼며 그가 감탄을 하자,

"그렇습니다."

콧수염의 사내가 야릇한 웃음을 보였다.

차를 다 마시고 나서도 그는 그 차의 향기로움과 감미로움을 좀처럼 잊을 수가 없었다. 시간이 흐를수록 더욱 그랬다. 의식이 차츰차츰 그 차의 향기로움과 감미로움에 젖어들고 있었다. 그러더니 어느 사이에, 이상하게도 그의 의식은 몽롱해지며 판별력이 흐려졌다.

그 야릇한 차를 마신 후에, 두 눈의 동공이 풀려버린 그를 재빨리 확인한 콧수염의 사내가 그에게 물어봤다.

"한 가지 궁금한 것이 있습니다."

"무엇이든지 물어보세요. 무엇이든지……"

"당신은 문 앞에 거지들이 찾아오면 그냥 돌려보내지를 않고, 그때마다 적선을 한다고 들었는데……그 말이 맞습니까?"

"맞아요!"

"거지가 돈이 적다고 투정을 부리면, 그런 자에게는 한 푼도 안 준다고 들었는데……그 말도 맞습니까?"

"맞아요!"

왜 그랬습니까?"

"감사해 할 줄 모르는 자에게는, 나도 베풀고 싶지가 않았기 때문에……"

길 아닌 길

그는 곧이곧대로 대답했다. 그것은 사실이었고, 그의 진심이었다. 요만큼도 꾸밀 필요가 없었다. 왠지 그러고 싶지도 않았다. 그 차의 야릇한 향기로움과 감미로움에 이미 그의 몸과 마음은 흠뻑 젖어 있었다.

"어찌 됐건, 알고 보니 당신은 참으로 착하고 현명한 분입니다."

그 말에, 그는 너무 기분이 좋아서 묻지 않았는데도 자랑삼아 중얼거렸다.

"이건 오늘, 나에게 너무나도 귀중한 차를 대접한 당신에게 그 보답으로 드리는 나의 비밀인데……나는 진작부터 '버·사·나'라는 좌우명을 가지고 있답니다."

"버·사·나?"

"그것은 욕심을 버리고, 이웃을 사랑하고, 가진 것을 나누고……어느 때부터인가 그렇게 살기로 결심을 했기에, 버리고, 사랑하고, 나누자—는 그 첫 번째 머릿글자들을 따서……하하하하."

"허헛. 그것들을 좌우명으로 삼았을 정도로……"

"아직까지는 나 혼자서만 아는 비밀이었는데, 지금 이렇게……하하하."

"오오, 그랬군요! 알면 알수록 당신은 참으로 존경받을 사람입니다. 그래서 나의 자랑스런 반려자인 당신은 앞으로 어떻게 하실 것입니까?"

자랑스런 반려자라는 말에 더욱 기분이 좋아진 그는 이제는 으쓱대며 중얼거렸다.

"좋은 질문을 하셨습니다. 앞으로 나는 나의 결심을 실행에 옮길

걸어서 가는 길

것입니다. 더 많이 베풀기 위해 더 많이 벌고……꼭 그렇게 할 테
니 두고 보십쇼!"

"그 얼마나 훌륭한 결심입니까. 결심을 꼭 실행하셔야지요. 실행
하지 않는 결심은 어린아이들이나 하는 짓이니까요."

"나는 어린아이가 아니라는 것을 알아두십쇼. 하하하하."

큰 소리로 웃어댄 그의 눈동자는 이미 허옇게 풀려 있었다. 그런
그를 힐끔 살핀 콧수염의 사내가 슬며시 자리를 떴다.

무슨 일로 어디를 다녀오는지, 그는 한참만에야 자리로 돌아왔
다. 그리고 그에게 아주 친절하게 말했다.

"이거 실례했습니다. 당신이 지루하실 것 같아서 우리 교주님을
만나 뵙고 오는 길입니다. 그런데 마침 우리 교주님은 성단 위로
올라가 혼자서 기도를 하고 계시지 뭡니까. 방해가 될까봐 여지껏
기다리다가 이제야 돌아온 것입니다."

"그분은 내가 여기에 와 있는 줄 알고 계시던가요?"

"이미 훤히 알고 계셨습니다. 그리고 당신을 어서 데리고 오라고
나에게 말씀하셨습니다."

"이젠 나도 그분을 빨리 만나뵙고 싶군요."

"그렇다면 더욱 좋습니다. 자, 일어나서 그리로 함께 가실까요?"

성전의 본당 문을 향해 함께 걸어가면서 콧수염의 사내가 그에게
말했다.

"조금 후에 교주님을 만나기에 앞서, 다시 한 번 일러두겠습니
다. 무엇보다도, 그분은 상대방이 어떤 사람인지를 용케도 아시는
신통력을 지니신 분이라는 것과, 상대방을 어떻게 해야 구원할 수

있는지를 잘 알고 계신 분이라는 것을 명심하시기 바랍니다."

"궁금한 것이 있으면, 교주님께 물어봐도 되겠습니까?"

"물론입니다. 그러나 우리 교주님은 한가한 분이 아니십니다. 두세 가지쯤이 좋겠지요. 그런 속에서도, 당신은 우리 교주님으로부터 특별히 선택받은 자라는 것을 잠시도 잊어서는 안됩니다."

"명심하겠습니다!"

그들은 본당 문을 열고 안으로 들어갔다.

드넓었다.

저 앞은 교주가 신도들을 굽어보며 가르침을 펴는 성단인데, 그리로 올라가는 계단은 높았다. 그 층계마다 양쪽 옆에는 촛대 위의 촛불이 환하게 불을 밝히고 있었다.

"지금 우리 교주님은 성단 위에 혼자 계십니다. 그리고 저 계단은 빛의 계단입니다. 교주님을 만나뵙기 위해 당신은 그 계단으로 올라갑니다. 그러나 성단 위에까지 다 오르면 안됩니다. 초대받은 자들은 일곱 번째, 선택받은 자들은 아홉 번째 계단까지 오를 수 있습니다."

"왜 그래야 되지요?"

"아홉 번째 계단에서 성단 위로 오르자면, 즉 빛의 나라로 들어가기 위해서는 우리 교주님으로부터 마지막 신망을 얻어야 되고, 그러기 위해서는 이쪽에서도 마지막 노력과 성의를 다 보여야 가능합니다."

그 계단 앞으로 가까이 다가가며 콧수염의 사내가 다시 한번 강조를 했다.

"지금까지 내가 당신에게 일러준 말들을 명심하기 바랍니다. 특히 우리 교주님이 어떤 초능력을 지니신 분이라는 것을 잠시도 잊어서는 안됩니다!"

콧수염의 사내는 옆으로 비켜섰다.

그는 떨리는 마음으로 계단을 밟으면서 위로 천천히 오르기 시작했다. 한 걸음, 한 걸음씩 빛의 계단을 올라가고 있었다.

그는 아홉 번째 계단에서 걸음을 멈추었다.

성단 위에서, 누가 이쪽으로 천천히 다가왔다. 언뜻 눈부시게 하얀 옷을 입고, 머리에는 왕관을 쓰고 있었다. 교주였다.

마지막 아홉 번째 계단 위에 서 있는 그의 앞에서 조용히 걸음을 멈춘 교주가 입을 열었다.

"버·사·나여!"

"네? 교주님은 저의 좌우명까지 벌써 어떻게⋯⋯"

"나는 그대가 올 줄 알았다. 그대는 내가 왜 그대에게 사람을 보냈는지, 그 뜻을 알겠는가?"

"저는 교주님으로부터 선택받은 자입니다!"

"옳도다! 그대는 선택받은 자이다."

교주는 건물 안이 쩌렁쩌렁 울릴 만큼 큰 목소리로 이어 말했다.

"나는 그대가 이 지역으로 오고 있는 것을 진작 보았다. 이곳에 와서 열심히 장사를 하는 것도 보았다. 보지 않고도 그때마다 다 알고 있었다."

"이미 그러셨군요!"

그는 잔뜩 수눅이 든 목소리로 말했다. 크고도 낭랑한 목소리며

길 아닌 길

교주의 통찰력에 그는 벌써부터 압도당하고 있었다.

"그대는 착하다. 욕심을 버리고, 이웃을 사랑하고, 가진 것을 나누자고 결심한 자이다. 그래서 좌우명도 그런 뜻으로 삼았을 만큼 훌륭하다. 마음을 비운다는 것은 사사로운 자기 욕심을 버린다는 뜻이다. 그것은 쉽지가 않다. 그만큼 그대는 크다."

"……"

"그대의 결심을 실행에 옮기자면 그만큼 재물이 필요하다. 그대는 이슬비와 같은 시시한 적선보다는, 장차 소나기나 장맛비와도 같은 큰 적선을 생각했다. 재물을 크게 모으면 실행도 크게 할 수 있기 때문에, 그대는 작은 재물도 함부로 쓰지 않았다. 거지들에게 적선을 베풀 때에도, 남들이 보기에는 인색하다는 소리를 들을 정도로 재물을 아꼈다. 그것은 장차 크게 베풀기 위해서였다. 그런데도 남들은 그런 그대의 마음을 몰라주었다."

"교주님! 그, 그건 그랬습니다!"

그는 자기도 모르게 큰 소리로 외쳤다. 이쪽의 마음을 알아주는 교주가 눈물이 날 만큼 고마웠다. 놀라운 통찰력이라고 감탄을 했다.

"그러나, 듣거라."

"네, 교주님!"

"작은 빗방울이 통 속의 물을 당하겠느냐."

"어림도 없습니다."

"그대는 통 속의 물이다."

"……"

"그러나 통 속의 물이 바닷물을 당하겠느냐."

"그건 더욱 어림도 없습니다!"

"그렇다면 통 속의 물과 바닷물은 어느 쪽이 보다 크게, 보다 유용하게 쓸 수 있다고 보느냐."

"그거야 바닷물이 아니겠습니까."

"그렇다면 어찌 했으면 좋겠다고 생각하느냐."

"그거야…… 통 속의 물은 써 봤자…… 차라리 통 속의 물을 바닷물에다가 쏟아부어 합치는 것이 더……"

"과연 선택받은 자로다!"

그를 크게 칭찬한 교주가 말했다.

"나는 바닷물이니라. 바닷물은 소금을 만들고, 그 소금은 수많은 사람들의 생명을 구한다. 물방울들이 모이고 모여서 통 속의 물을 이루고, 그것들이 다시 모여 시냇물을 이루고, 그것들이 다시 모여 강을 이루고, 그것들이 다시 모여 바다를 이룬다. 나는 그대의 물도 필요하다. 그렇다고 해서, 그대의 통 속의 물이 사라지는 것은 아니다. 오히려 바닷물을 통하여 뜻이 크게 이루어져서 나와 함께 영원히 빛난다."

"……"

"땅 위에 지은 창고는 언제 도둑이 들어올지 모른다. 그러나 빛의 나라에다가 지은 창고는 튼튼하고 영원하다."

"……"

"낡은 창고에다가 값진 것들을 쌓아두지 마라. 창고가 낡아서 쥐들이 들락거리며 그것들을 이빨로 물어뜯고, 또 창고가 언제 무너

질는지도 모른다."

"……"

"선택받은 자여!"

"네, 교주님!"

"그대는 빛의 나라, 빛의 계단에 대해서 어느 정도는 알고 있는 것 같다. 그러나 아직 분간을 못하는 것이 있다."

"그게 무엇입니까?"

"이 지상에 종말이 멀지 않았다. 그날이 오면, 네 발로 뛰든, 두 발로 걷든 지상의 동물들은 모두 죽는다. 지상에 종말이 가까우면, 자기가 빛의 나라에서 왔다는 거짓말쟁이들이 구름같이 일어나 어리석은 자들을 미혹한다. 양의 탈을 쓴 늑대들의 말에 속지 마라. 속아 넘어가서는 안된다. 나는 양이다. 나는 빛의 나라에서 왔다. 그대들을 구원하러 왔다. 알겠느냐?"

"네, 교주님!"

"내게 물어볼 말이 없느냐?"

몽롱하던 의식이 처음보다는 사뭇 맑아진 그는 대뜸 떠오른 궁금한 것을 얼른 물어보았다.

"산과 그 산의 나무들은 누가 누구를 섬겨야 합니까?"

"은혜를 입은 나무가 여지껏 키워준 산을 섬겨야 마땅하지 않겠는가."

"그 반대라는 분도 있었습니다."

"어리석은 자여! 그런 말에 미혹당하지 마라. 그런 자는 거짓말쟁이다. 알겠느냐?"

걸어서 가는 길

"가진 자는 죄인입니까?"

"아니, 그렇지 않다."

"그렇다면 사람들은 가진 자를 왜 무조건 죄인인 양 취급을 합니까?"

"그건 이렇다. 그대도 잘 새겨서 들어라. 가진 자는 장차 크게 적선을 하기 위해서 평소에 인색하기 때문이다. 사람들은 그 뜻을 모르고, 특히 가난한 자들은 그것이 당장 미워서 그러는 것이다. 알겠느냐?"

"교만은 무엇입니까?"

"그건 이렇다. 금화 한 개를 가진 자가 금화 몇 개만큼 행세하는 것은 교만이 아니다. 금화 한 개를 가진 자가 금화 몇십 개를 가진 자만큼 행세하는 것이 교만이다. 이제 그 차이를 알겠느냐?"

"그렇다면 저는 교만한 자가 아니로군요?"

"누가 그대더러 교만하다고 그러더냐. 그대는 금화 한 개를 가지고 금화 한두 개만큼 겨우 행세했을 뿐이다."

"고맙습니다, 교주님! 한 가지만 더……"

"물어보아라. 선택받은 자여!"

"빛의 계단으로 오르기는 첫 계단부터 몹시 어렵다고 들었습니다. 그런데……"

"무슨 말인지 알겠다. 그러나 나는 그대에게 말하겠다. 아홉 계단까지는 오르기가 쉬워도, 나머지 한 계단을 오르기가 가장 어렵다고. 그래서 내가 뭐라고 일렀더냐. 세상에 종말이 오면, 빛의 계단이 어쩌니 서쩌니 그럴 듯한 말로 어리석은 사람들을 미혹하는

길 아닌 길

거짓말쟁이들이 많이 나타난다고 하지 않았더냐. 어떤 자는 말한다. 한 계단, 한 계단이 어렵다고. 그러나 나는 말한다. 선택받은 자들에게는 마지막 한 계단만이 어려울 뿐이라고. 알겠느냐?"

"아아, 이제야 알겠습니다! 모든 의문이 풀렸습니다. 선택받은 자로서 저를 선택해 주신 교주님께 큰 감사를 드립니다!"

그는 떨리는 목소리로 말했다. 마음이 날아갈 듯이 가벼워졌다. 지금까지 마음 한 구석에 묵은 기름 찌꺼기처럼 남아 있던, 불씨처럼 남아서 틈틈이 그를 괴롭혀 오던 여러 의문들이 동시에 풀렸기 때문이다. 해결되었기 때문이었다.

그는 교주에게 거듭 감사했다.

남들처럼 그를 '우리의 교주님'으로 모시기로 마음을 굳혔다.

오래전에 교주로부터 선택받은 자들이 그를 축하한다면서 번갈아가며 초청을 했다. 그런 자리에는 술과 갖가지 음식이 푸짐했으며, 어떤 자리이거나 멋지고 아름다운 여인들이 함께 했다. 물론 그도 그들을 초청하며 나날이 즐거웠다.

틈틈이 콧수염은 그에게 말했다. 은혜를 받은 만큼 갚아야 도리라고. 그 이상으로 갚으면 그만큼 보답을 받는다고. 선택받은 자일수록 그래야 한다고. 그러자 그도 그때마다 고개를 크게 끄덕거렸다. 우리 교주님이 바닷물처럼 큰 뜻을 펴는 데 유용하게 써달라면서, 바닷물에다가 통 속의 물을 절반이나 스스로 쏟아부었다. 성전에 바쳤다.

그런 생활 속에서, 그는 전에는 몰랐었던 사실들을 차츰차츰 알게 되었다.

걸어서 가는 길

교주로부터 선택받은 자들은 천 명도 넘었다. 그에게 반려자로 콧수염이 딸린 것처럼, 그들에게도 저마다의 반려자가 딸려 있었다. 그런데 더 알고 보니, 그의 반려자나 그들의 반려자는 똑같은 사람이었다. 한 사람이었다. 콧수염이었다. 그 콧수염이 그들을 알게 모르게 모두 관리하고 있었다. 그러고 보면, 콧수염이 자기는 그저 평범한 선택받은 사람들 중의 한 명이라고 말했었던 것은 겸손이거나 거짓말이었다.

　교주로부터 초대받은 자들은 오천 명도 넘었다. 그들에게도 저마다의 반려자가 딸려 있었다. 수가 많은 만큼 그들의 반려자도 그만큼 많아야 당연하다. 그러나 그들의 반려자는 고작 몇 명에 불과했다. 그 몇 명이 초대받은 자들을 모두 관리하고 있었고, 그 몇 명의 관리자들은 또 콧수염의 관리를 받고 있었다.

　그 성전은 교주를 정점으로 선택받은 자들, 초대받은 자들, 일반 신도들로 구성된 듯 보였지만, 사실은 그게 아니었다. 교주 밑에 콧수염, 그 밑에 몇 명이 자리하고 있으면서, 그들이 선택하며, 초대하며, 나머지를 모두 관리하고 있었다.

　어느 날, 콧수염이 그에게 말했다.

　"당신과 의논할 것이 있습니다."

　"이번엔 또 무엇이오?"

　"우리 교주님으로부터 명예롭게 선택받은 자로서, 당신은 이번에도 큰 협조를 아끼지 말아야 합니다."

　"말씀해 보시오."

　"알다시피, 우리 교주님은 빛의 나라에서 오신 분입니다."

　　　　　　　　　　　　　　　　　　　　　　길 아닌 길

"그거야 우리 모두가 잘 알고 있는 사실이 아니오?"

"어느 날, 교주님은 넌지시 암시를 주셨습니다. 이제 지상의 종말이 멀지 않았다. 종말이 오면, 모두가 다 죽는다. 나는 차마 그것을 볼 수가 없다. 그들을 한 명이라도 더 구원하기로 했다. 그러기 위해서는 먼 빛의 나라보다는 가까운 이 지상에다가 빛의 나라를 닮은 '빛의 마을'을 따로 세우기로 했다는 것입니다."

"빛의 마을?"

"그렇습니다. 우리 교주님의 말씀은 옳습니다. 그렇게만 된다면, 보다 많은 사람들이 보다 쉽게 구원을 받을 것입니다. 아니 그렇습니까?"

"그래서요?"

"교주님의 뜻을 알았으면, 그 준비와 실천은 우리의 몫입니다. 우리가 나서서 해야 마땅합니다. 그러자면 그 마을을 이룰 만큼의 땅과, 그 땅을 구입할 그만큼의 재물이 필요합니다. 그러기 위해서는 선택받은 자들 중에서도 우리 교주님이 특히 아끼시는 당신이 크게 협조를 하셔야 합니다."

"그동안, 나는 바닷물에다가 통 속의 물을 거의 다 쏟아 부었습니다."

"그걸 모를 우리 교주님이 아니십니다."

"구체적으로 이번엔 또 어느 정도로 협조해야 하지요?"

"어려운 듯 쉽습니다."

"구체적으로 말씀하시오. 이제는 서로가 그럴 때도 되지 않았소?"

"에에, 이건 뭐랄까⋯⋯당신이 경영하고 있는 빵 제조 공장을 성

걸어서 가는 길

전의 소유로 넘기면, 당신의 사명은 그것으로 충분합니다."

"뭐라고요?"

"당장은 서운할지 몰라도, 이 모두가 빛의 나라에 있는 당신의 창고로 들어가는 것이기에, 요만큼도 손해될 것이 없습니다. 아니 그렇습니까?"

"으음."

"그렇더라도 당신은 그 관리인으로 그대로 남습니다. 한결 덜 서운할 것입니다. 어찌 보면, 골치 아픈 경영자보다는 단순한 관리자가 더 홀가분할 수도 있지요."

"생각해 볼 여유를 주시오."

"물론 그러실 테지요. 그러나 오래 그러지는 마시기 바랍니다."

그는 여러 날을 고민했다.

경영자가 아닌 관리자로 남는다고 했다. 이제부터는 관리자로서의 급료만 받고, 그것으로 만족하라는 것이다. 오히려 그쪽이 더 홀가분하지 않겠느냐고 했다. 이 모두가 빛의 나라를 이 지상에다가 세우려는, 빛의 마을을 세우려는 우리 교주님의 자비로운 뜻이기에, 선택받은 자로서 따라야 마땅하지 않겠느냐는 것이었다.

그것은 어디까지나 권유였지만, 어쩌면 은근한 강요이기도 했다. 그로서는 그렇게 느껴졌다.

여러 날을 고민했지만, 그랬어도 쉽게 용단을 내리지 못했다. 그는 혼자서는 너무나 버거운 나머지 그동안 사귄 선택받은 자들 중에서, 그래도 가깝다 싶은 사람을 찾아가서 의논을 했다.

그보다도 훨씬 앞서 선택받은 자가 되었던 그 사람은, 그의 이야기를 다 듣더니 웃으면서 말했다.

"콧수염의 말을 따르는 게 좋겠소."

"그래도 이번에는 너무 무리한 요구 같지 않습니까?"

"그야 그렇지만, 별 도리가 없잖소."

"별 도리가 없다니요?"

"앞서, 당신에게도 그만큼의 허점이 있었으니까 말요."

"내게 무슨 허점이 있었기에 그렇다는 것이지요?"

"어느 때부터인가, 이 지역에 소문이 나돌았소. 당신의 집 문앞에는 찾아오는 거지들이 끊이지를 않고, 그러면 당신은 그런 거지들을 빈손으로 돌려보내지 않는다고 말요."

"그 소문은 사실입니다. 나는 그랬으니까요. 그런데 그것이 왜 나쁘지요?"

"그것이 나쁘다는 것이 아니라, 그 자세가 틀렸다는 것이지요. 당신은 그들이 불쌍해서라기 보다는, 이쪽에서 돈을 주면 그쪽에서 감사의 표시로 굽벅굽벅 절을 하는 그 모습들을 더 즐긴 것이오. 자기 만족, 그 야릇한 희열감에서 그랬던 것이란 말요. 내 말이 틀렸소?"

"그건……"

"어쨌거나 당신은 당신 스스로의 잘못으로, 그 교만함, 그 오만함 때문에 이런 화를 자초한 것이지요. 소문을 듣고, 영리한 콧수염이 이를 교묘하게 이용했으니까 말요."

"그건 그렇다치고…… 만약에 이쪽에서 그의 요구를 거절한다면?"

걸어서 가는 길

"그쪽에서는 나름대로 수법을 쓰겠지요."

"수법이라니요? 그게 무슨 뜻이지요?"

"이 드넓은 지역에서, 당신은 빵을 만들고 팔아서 크게 성공을 거둔 사람이오. 그런데 당신의 빵을 그때마다 팔아준 사람들 중에는 우리 교주님을 따르는 신도들도 엄청나게 많았을 거요. 당신이 거절할 경우, 그쪽에서는, 앞으로는 당신네 빵을 팔아주지 말라고 그들에게 교묘하게 설득시키고, 그러면 그들은 양떼처럼 순하게 따를 테니 두고 보시오."

"그래도 이쪽에서 버틴다면?"

"그러면 그쪽에서는 이번엔 다른 방법을 택할 게요. 그동안 당신은 선택받은 사람들의 많은 집에서 초청되어 즐겼소. 그때마다 술은 물론 멋지고 아름다운 여자들과도 어울렸소. 당신과 관계를 맺었던 한 여자가 나서서 당신을 험담하며 입나팔을 불든가, 아니면 이런저런 이유로 당신을 법정에 고발을 하든가, 이래저래 그 얼마나 망신이오?"

"으음."

"그래도 당신이 고분하지 않을 경우, 그때는 마지막 방법이 동원될 수도 있소. 어느 날 갑자기, 당신은 쥐도 새도 모르게 증발될 수도 있소. 이 세상에서 말요."

그는 더는 할 말이 없었다. 진작부터 겁에 질린 표정이었다.

"그런데 당신은 어떻게 그런 것들을 마치 당하기라도 한 사람처럼 잘 알고 있지요?"

"당한 사람이니까."

"뭐라고요?"

"나도 콧수염으로부터 그런 요구를 진작 받고 고민했던 사람이었소. 결국 나는 경영자에서 관리자로 스스로 내려앉았소. 새로 온 경영자는 젊은 청년이었소. 소문에 그쪽의 누구와 제일 가까운 친족, 또는 그들 친족 중의 한 사람이라고 했지만, 나는 그런 말을 믿지 않고 내 할 일만 충실하게 했소. 그랬는데도 지금은 그 관리자의 자리에서도 밀려나……"

하지 말았어야 할 말까지 했다고 뒤늦게 느꼈는지, 상대방이 얼른 변명하듯이 말했다.

"경영자에서 관리자로, 다시 별 볼일 없는 한직으로 밀려났지만, 그래도 나는 불평하지 않고 있소. 이것만으로도 만족하오. 결국은 이 모든 것이 우리 교주님을 위한 것이 아니겠소. 나는 장차 빛의 나라에 들어갈 것이오. 안 그렇소? 허허허허."

그는 콧수염의 제의를 받아들였다.

그도 어쩔 수 없이 그랬다.

훨씬 앞서 선택받은 자가 되었던 그 사람의 말들을 다 믿을 수는 없다고 해도, 그렇다고 전혀 아니라고, 모두가 아니라고 부정할 수도 없었다. 그러기에는 그 사람의 말들이 그만큼 설득력이 있었기 때문이다.

만약에 콧수염의 제의를 끝내 안내켜 했다가는……그 사람의 말들처럼 되기보다는, 차라리 그 사람처럼 되는 것이 그래도 낫다는 결론이었다.

콧수염의 제의에 따라 하루 아침에 빵 제조 공장을 그쪽에게 넘

　　　　　　　　　　　　　　　걸어서 가는 길

겨준 그는 허탈했다. 모든 것이 시들하고, 하루하루의 생활이 활력을 잃고 맥이 없었다. 신체의 가장 중요한 일부, 아니 전부를 잃은 것처럼 허전했다.

그럴 것이, 그게 그에게는 어떤 공장인가. 얼마나 자랑스러워하며 애착을 느끼던 공장이었었나. 그것을 키우려고 몰두했던 지난날들, 그것을 키우기까지 겪어왔던 과정들이 어쩔 수 없이 주마등처럼 지나갔고, 자기에게 빵의 독특한 맛을 내는 비법을 전수한 옛 주인도 머릿속에 떠올랐다. 왠지 그 영감에게 미안감마저 들었다. 재물을 잃은 아쉬움보다는, 어쩌면 그동안의 노력과 정든 것을 빼앗긴 아픔이 더 컸다.

그러나 그는 참았다. 모든 것을 참기로 했다. 지금의 그로서는 그럴 수밖에 없었다. 관리자로 남게 된 것만으로도 그나마 다행이라고, 그때마다 스스로를 위로했다. 초대받은 자도 아닌 선택받은 자로 불러준 교주에 대한 감사의 표시로 여기기로 했다. 애써 그렇게 여기면, 그래도 어느 정도 위안이 되었다.

그런 어느 날이었다.

콧수염이 그를 찾아왔다.

그는 이제는 콧수염을 만나고 싶지가 않았다. 만나기도 싫었다. 이번에는 또 무슨 제의를, 무슨 요구를 내게 할 것인가, 더럭 겁부터 날 정도였다.

그러나 짐짓 찾아온 콧수염을 마다할 수도 없었다. 그런데 오늘 찾아온 콧수염의 말은 처음부터 엉뚱했다.

"무슨 소식 못 들으셨습니까?"

"무슨 소식이라니요?"

그가 되물어보자, 일찍이 보지 못한 심각한 표정으로 콧수염이 말했다.

"아무래도 예사롭지가 않습니다."

"무엇이 그렇단 말요?"

"아시다시피, 우리가 살고 있는 이 지역의 변두리에는 주로 가난한 자들이 모여서 사는데, 그곳에 이상한 자가 나타났습니다. 그러면서 자기는 빛의 나라에서 왔다, 그곳으로 들어가기 위해서는 빛의 계단으로 올라가야 한다면서 그 사람들을 가르치고 있습니다."

"그거야 이상할 것도, 놀랄 것도 없지 않습니까."

"하기야 우리 교주님의 가르침대로라면, 이 지상에 종말이 가까우면, 자기는 빛의 나라에서 왔다는 거짓말쟁이들이 구름같이 일어나 어리석은 사람들을 미혹한다고, 그러니 너희들은 그런 양의 탈을 쓴 늑대들의 말에 속지 말라고 하셨지만……"

"속지 않으면 될 것 아니겠소."

"그러나 문제는 그리 간단치가 않습니다. 이번에 나타난 그 자는 아무래도 예사롭지가 않은 인물이라서 그렇습니다."

"어떤 점에서 그렇단 말요?"

"아무리 어리석은 자라도 가릴 것은 가리는 재주가 있습니다. 자기에게 나쁜 것은 마다하고, 좋은 것은 얼른 챙기지요. 그런데 그 거짓말쟁이의 말을 그들은 갈수록 받아들이고 있다는 사실입니다. 소문으로 듣건데, 그 자가 가는 곳에는, 그의 가르침을 들으려는 사람들이 적게는 수백 명, 많게는 수천 명씩이나 몰려든다지 뭡니

걸어서 가는 길

까!"

"어쩌다가 그럴 수도 있잖소."

그가 시큰둥한 반응을 보이자, 콧수염이 사뭇 성난 어조로 말했다.

"당신은 우리 교주님으로부터 선택받은 자입니다. 그런 분이 어떻게 그렇듯 무관심할 수가 있습니까?"

"내가 무엇을 무관심했다고 그러시오?"

"그러면 아닙니까! 선택받은 자는 우리의 성전을, 우리 교주님을 지킬 의무가 있는 것입니다. 아무리 그 자가 지상의 종말에 나타나는 거짓말쟁이들 중의 한 명이라고 해도, 선택받은 자로서의 당신은 한 번쯤은 그런 자를 경계해야 마땅한데도, 그 자에 대한 소문은커녕 나한테서 말을 전해 듣고서도 모든 것이 귀찮다는 표정이니……아니 그렇습니까?"

"내가 그랬다면 용서하시오."

그가 사과를 하자, 수긋해진 콧수염이 말했다.

"좋습니다. 사과를 받아들이지요. 지금 우리가 그런 일로 아웅다웅 다툴 시간이 없으니까 말입니다."

"그래서 당신은 무슨 대책이라도 있단 말입니까?"

"더 이상 그 자를 이대로 놓아두어서는 안됩니다. 어물어물 대수롭지 않게 여겼다가는 언젠가 우리가 당할 수도 있습니다. 장차 화근이 될 것은 미리 막아야 합니다. 못된 나무는 싹부터 아예 잘라버리는 것입니다."

"그 사가 그렇게 보입니까?"

길 아닌 길

"소문으로는 우리 성전에 나오는 사람들도 그쪽으로 가서 그의 가르침을 듣는 자들이 적지 않다는 것입니다. 은밀히 확인을 해보니까, 그 소문은 사실이었습니다. 일반 신도들뿐만이 아니라, 우리 성전의 기둥인 초대받은 자들도 많은 수가 그랬습니다. 이쯤 되고 보면, 보통 문제가 아니잖습니까!"

"……"

"일이 더 번지기 전에, 우리가 먼저 선수를 쳐야 합니다. 그를 고발하기로 했습니다."

"무슨 죄목으로?"

"빛의 나라, 빛의 계단을 우리 교주님과 다르게, 그릇되게 가르침으로써, 가난하고 어리석은 자들을 선동하여 기존 질서를, 사회 질서를, 나아가 국가를 파괴하려는 자로 죄를 물으면 됩니다."

"그러면 그 자는 어찌 될 것 같소?"

"사형 언도를 피할 수 없겠지요! 틀림없습니다!"

자신있는 표정으로 콧수염이 더 말했다.

"그 자를 고발하기에 앞서 우리는 해야 할 것이 있습니다. 우리 성전의 선택받은 자들과 초대받은 자들 모두의 이름으로 그 자를 고발하는 것입니다. 그러면 그 자는 끝장입니다. 그 자가 살고 싶으면, 길은 오직 한 가지 뿐입니다."

"무엇이오, 그게?"

"우리 교주님께 두 무릎을 꿇고, 거짓말쟁이로서의 용서를 빌면 모를까, 그렇지 않으면……"

중얼댄 콧수염이 두툼한 서류뭉치를 꺼내 그의 앞으로 내밀었다.

그건 고발장이었다. 그 자의 죄목이 적힌 밑에는 이미 많은 고발인들의 이름이 적혀 있었다. 그들은 하나같이 성전으로부터 선택받은 자들과 초대받은 자들이었다. 이쯤 되자 그도 어쩔 수가 없었다.

며칠 후에, 그 자는 성전의 이름으로 고발되었다.

일단 그 자는 이런저런 죄목으로 붙잡혀서 감방에 갇히었다.

그러나 모든 것이 이쪽의 뜻대로는 되지 않았다. 뚜렷한 증거가 없이는, 그 자의 그런 행위만으로는 처벌하기가 곤란하다면서, 법 집행자는 그들의 분쟁에 휘말리기를 꺼려하는 눈치였다.

그러자 이쪽에서는 다른 방법을 찾았다.

그 자를 설득부터 하기로 했다. 거짓말쟁이임을 고백하면, 그 자의 허물을 모르는 체 눈감아 주자는 쪽으로 의견이 기울었다. 그러자면 감방으로 그 자를 직접 찾아가서 설득시키는 방법뿐이었다.

선택받은 자들 중에서 몇 명이 선발되어, 그 자를 회유시키려고 감방으로 찾아갔다. 그도 그들 중의 한 사람이었다.

그 자는 혼자 독방 안에 갇혀 있었다. 한 사람씩 그 감방으로 들어가서 설득을 했지만, 나올 때는 너도나도 고개를 저었다. 달콤한 말로, 때로는 협박도 하면서 아무리 이런저런 말로 그를 회유시키려고 했어도, 도저히 그게 먹혀들지를 않는다는 것이다. 아니, 그쪽에서는 아예 입을 다물고 아무런 대꾸조차 하지 않았고, 설득을 당하기는커녕 오히려 그때마다 그들을 연민 어린 시선으로 바라보더라는 것이다.

그가 마지막 차례였나.

길 아닌 길

그는 감방 안으로 들어갔다. 조그만 창으로 햇빛 한 줄기가 들어올 뿐 감방 안은 어두침침했다.

그 자는 빛살 속에 혼자 앉아 있었다. 그 자가 짐짓 빛살을 찾아가서 앉았거나, 아니면 빛살이 그 자를 찾아 왔는지 그건 알 수 없었다.

누가 감방 안으로 들어오거나 나가거나, 아예 그런 것에는 관심조차 없는 듯, 그 자는 빛살 속에 조용히 앉아 있었다. 그림처럼 고요히 앉아 있었다. 그런 그 자의 얼굴은 감방 안에 갇힌 죄인의 얼굴답지 않게 놀랄 만큼 평온했다.

"아!"

상대방의 얼굴을 보는 순간, 그는 그 앞에 무릎을 꿇었다.

아무리 많은 날들이 흘러갔어도, 그는 지금도 그분의 얼굴, 스승의 얼굴을 기억하고 있었다. 그런데, 지금 한 줄기 빛살 속에 앉아 있는 사람은 오래전에 헤어졌던, 두 번째 갈림길에서 헤어졌던 바로 그분, 바로 스승이었다.

"선생님!"

"나는 그대를 모른다."

"선생님!"

"나는 그대를 도무지 모른다."

"아아⋯⋯"

그의 두 눈에서 눈물이 주루룩 흘러내렸다.

"아주 헤어지는 것이 아니라, 우리는 다시 만날 것이라고 했다. 그리고 지금 이렇게 만났다."

"선생님!"

"나를 설득하려고 왔지만, 소용이 없다."

"시간이 없습니다. 그들은 선생님을 죽이려고 합니다."

"언젠가 나는 남들의 손에 고난을 당할 것이라고 말했었다."

"그러나 억울한 죽음입니다. 그럴 수는 없습니다. 저들 앞에 거짓으로라도, 한 번만이라도……"

"그럴 수는 없다. 어제도, 오늘도, 내일도 진리는 하나이기 때문이다."

"아아……"

그는 울고 있었다. 차츰 흐느껴 울었다.

"나를 위해 울지 말고, 가난한 자들을 위해 울어라. 그리고, 그대 자신을 위해 울어라."

"저의 죄를 용서해 주십시오!"

"그대의 눈물이 이미 그대를 용서했다."

"선생님이 저를 용서해 주셔야만 합니다."

"몸은 피둥피둥 살찐 돼지와 같으나, 그대의 영혼은 메마른 나뭇가지, 가물가물 꺼져가는 촛불과 같다. 그대의 병이 깊었는데, 내가 어찌 못 본 체 하겠는가!"

"아아, 선생님……"

울면서 그가 물어봤다.

"앞으로 저는 어찌 했으면 좋겠습니까?"

"그대 갈 길이 남아 있다. 일어나 걸어가라!"

스승에게 마지막 작별의 인사를 하고 그가 삼방의 문을 나서자,

길 아닌 길

밖에서 기다리던 선택받은 자들 중의 한 명이 대뜸 그에게 물어봤다.

"당신은 그 자를 아시오?"

"모르는 사람이오."

"당신은 그 자 앞에서 무릎을 꿇던데?"

"모르는 사람이오."

"당신은 흐느껴 울던데?"

"내가 나를 슬퍼하며 운 것이오."

보고 싶은 사람

떠나기에 앞서, 남아 있는 모든 것을 정리했다.

그래 봤자, 집 한 채뿐이었다.

그는 그것마저 팔았다. 그리고 그동안 그를 위해 일을 해온 가정부와 수종에게 평소보다 후하게 급료를 주어 내보냈다. 그러고는 텅 빈 집에 혼자 남아서, 혼자 집을 지키며 지냈다.

그의 하루는 단순했다.

아침 일찍 대문 앞에 나가 앉아서, 찾아오는 거지들에게 돈을 골고루 나누어 주었다. 더도 덜도 아니고 금액이 일정했다. 물가가 올랐으니 동냥 돈도 올려달라고 투덜거리는 자는 없었지만, 어쩌다가 그런 자가 있다고 해도, 그는 모르는 체 나무라지 않았다. 그들이 고맙다고 허리를 굽혀 절을 하면, 이제는 그러지 못하게 했나. 말없이 주고, 말없이 받아가기를 바랐다. 그러자 그들은 허리

를 굽혀 절을 하는 대신에 눈으로 고마워했다. 눈은 마음의 창이었
다.

'아직 멀었지.'

그는 혼자서 쓰게 웃었다.

스승을 따라가기에는 아직도 어림없다는 웃음이었다. 흉내내기
조차 멀었다는 자조의 웃음이었다. 일찍이 스승은 말했었다. 남에
게 베풀 때는, 이쪽 손이 하는 것을 저쪽 손이 모르게 하라고. 그렇
게 은밀하게 하라고. 그것이 빛의 나라의 가르침이라고. 그런데 나
는……

그렇게 얼마를 지나자, 새로운 주인에게 집을 비워줄 날이 되었
다.

그는 그날 아침에, 그 집을 떠났다.

혼자였다.

이제 그에게는 집이 없었다. 갈 곳도 없었다. 나그네였다.

길을 가면서, 그는 생각했다. 그동안에 거지들에게 나누어 주고
서도, 아직도 꽤 많은 돈이 남아 있다. 그 남은 돈은 생활이 어려운
사람들, 사정이 딱한 사람들, 도와주지 않으면 안될 그런 사람들을
위하여 그때마다 쓰기로 했다. 바람이 지나가면서 주고 간 것처럼
아무도 모르게 돕기로 했다.

야트막한 산길을 걸어가고 있었다.

문득 보자, 저만큼 나뭇가지에 무엇이 대롱대롱 매달려 있었다.
밑으로 축 늘어진 시신이었다. 누가 나뭇가지에 목을 매고 죽은 것
이다.

걸어서 가는 길

그는 걸음을 멈추고 서서, 그 축 늘어진 시신을 한동안 물끄러미 지켜보았다. 그러다가 혼자서 티격태격 다투었다.

저것은 그저 하나의 죽음일 뿐이다.

아니, 그렇지 않다.

왜 그렇지 않다는 게냐?

저것은 속죄다.

무엇을 속죄했다는 건가?

그건 나도 모르겠다. 전생의 업보에 따라 저지른 죄인지, 이승에서 자기 스스로 저지른 죄에 대한 속죄인지……

그래서?

저 축 늘어진 시신은 자기가 저지른 죄의 무게다.

죄의 무게라고?

그는 자기의 죗값을 스스로 청산했다구. 그건 그렇고, 저 시신을 바라보고 있는 시선이 착잡한데, 마음에 걸리는 것이 있기라도 한 모양이지?

타버린 재 속에, 꺼지지 않은 불씨가 아직도 그대로 남아 있어서 그래.

그게 뭔데?

그건 영원히 꺼지지 않는 불씨야. 언제든지 큰 불의 화근이 될 그런 불씨……

글쎄, 그게 뭔데?

양심이라는 것이지. 나만이 알고 있는, 아무리 숨으려고 해도, 미리 가서 그곳에서 기다리고 있는……

보고 싶은 사람

그래서?

난 그녀를 좋아했고, 그녀 또한 나를 좋아했었지. 그녀는 내가 가게를 확장시키지 말기를 바랐었지. 그러자 그 말은 차츰 나의 귀에 거슬렸고, 귀찮았고, 끝내는 그녀마저 싫어졌지. 그게 내 불행의 화근이었다구.

욕심 없는 자가 있던가. 그 정도의 욕심은 죄가 아니야.

나를 꼬드기지 마라. 난 이제서야 그걸 깨달았다구.

그래서?

결국 나는 그녀를 버리고 떠나왔지. 나는 그녀에게 큰 잘못을 저질렀지. 그걸 뒤늦게 알았지. 지금에야 난 그 여자가 나를 진심으로 아꼈고, 사랑했다는 것을 깨달았고, 그게 이렇게 마음의 빚으로 남아 있다구. 죄의식에서 벗어나지를 못하고 있다구.

그렇다면 갚고 가야 해.

어떻게 갚지?

깨달았다는 것은 언제든지 좋은 것이야. 그녀를 찾아가 봐!

그녀가 용서할까?

가봐야 알지.

그러겠다구! 그녀를 찾아가서 뒤늦게나마……

그는 그 자리를 떠났다.

그는 걸었다. 며칠을 쉬지 않고 걸었다. 밤이 되면, 밤을 새워가며 걸었다.

이윽고 낯익은 가게가 보였다. 그 빵 가게였다. 길 건넌편에 서서 바라보고 있었다. 지나가던 노인이 그에게 말을 걸었다.

"어디를 그렇게 멀거니 바라보고 있소?"

"저 빵 가게……"

"그 가게를 알고 있소?"

"오래전에……"

"저 빵 가게, 참 오래 되었지."

"저 가게에 대해서 잘 아시는 것 같은데……"

"알다마다! 원래 가게의 주인은 나랑 단골 술집에서 술을 마시던 술꾼이었지. 딸이 하나 있었는데, 딸이 그만 사생아 딸을 낳았고, 지금은 그 사생아 딸이 자라서 저 가게를 운영하고 있지."

"저 가게 옆에, 확장된 빵 가게가 또 있었던 걸로 아는데……"

"그랬었지. 지나가던 어느 젊은 놈이 점원으로 들어와서 차츰차츰 주인의 신임을 얻어 동업자가 되더니, 가게를 늘리고……그러다가 그만두고 어디론가 떠나가자, 얼마 후에 주인도 죽고, 그러자 그 딸은 혼자서는 벅찼는지 늘린 가게를 다시 줄여 원래의 저 빵 가게 하나만 운영하다가……"

"그래서 그 딸은 어찌 되었습니까?"

그가 물어보자, 노인이 한숨을 쉬며 혼잣말처럼 중얼거렸다.

"운명이 그녀에게는 왜 그리도 가혹한지……"

그녀에게 아무래도 무슨 일이 있었구나, 생각이 든 그는 노인을 가까운 술집으로 이끌었다. 그리고 그들과는 먼 친척이 된다고 둘러대며 노인으로부터 그녀의 뒷얘기를 좀 더 듣고 싶어 했다. 노인은 그의 말을 별로 의심하지 않았다. 술집에서 술에 기분이 거늑해진 노인이 그녀에 대해서 더 말했다.

보고 싶은 사람

"그 녀석이 떠나가자, 평소에 성격이 밝고 명랑하던 그녀는 차츰 말수가 줄어들고 표정이 우울하고……그런데 또 문제가 생겼지."

"무슨 문제입니까?"

"그녀가 또 임신을 한거야."

"네? 누구의 아이를……"

"누구기는 누구야. 어디론가 떠나간 그 녀석이지. 그러잖아도 사생아 딸을 낳고 주위의 눈총을 받아온 그녀가 또 임신을 하자, 그 정신적인 고통이 오죽했겠나."

"그녀는 임신을 한 사실을 몰랐나요?"

"뒤늦게 알았겠지. 그러나 이미 그 녀석은 떠나갔고……"

"그래서 어찌 되었습니까?"

"그 아이를 낳았지. 이번에는 아들이야. 첫 번째는 사생아 딸을, 이번에는 사생아 아들을……"

"으음."

"그런데 사생아 녀석은 배 다른 자기 누나와는 달랐어. 점점 자라가며 문제를 일으키곤 했지. 머리가 영리한 녀석은 자기가 아비 없는 사생아라는 것을 누구한테 들었는지, 혹은 눈치를 챘거나 어쨌든 알아버린 모양이야. 녀석은 집안에서 제 어미의 말을 듣지 않음은 물론 또래의 아이들과 자주 다투고, 싸우고……그러더니 어느 날은 횡 어디론가 가출을 해버렸다구. 아마 살아 있다면 지금쯤 이미 청년이 되었을 거라구."

"……"

"그러잖아도 죄의식에 사로잡혀 고통을 받던 그녀는 아들 녀석이 집을 떠나가자, 그 마음이 오죽이나 아팠겠나. 이후로 시름시름 앓기 시작하더니, 정신마저 들락날락……"

"지금 그녀는 집에 있습니까?"

"아니지."

"그럼?"

"요양원에 가 있지."

"요양원이라고요?"

"몸이 쇠약하고 정신마저 혼미하자, 식구들은 집안에서는 뒷바라지가 벅찼던지 요양원으로 보냈다구. 지금 그곳에서 정신 치료를 받으며 지낸다구. 그러나 들리는 소문으로는 갈수록 몸이 쇠약해지고, 정신도 더 혼미해져서 지금은 누가 누군지 사람을 분간조차 못한다더군."

"그 요양원은 어디에 있습니까?"

"이 지역의 변두리에는 바위산이 있는데……"

"바위산이라고요?"

"왜? 그곳을 알고 있소?"

"동굴들이 많은, 거지들이 모여 살던 곳이 아닙니까?"

"전에는 그랬었지. 그러나 지금은 흔적만이 남아 있는데……어쨌거나 그 근처라서 쉽게 찾을 수 있다구."

노인은 그에게 그 요양원이 있는 곳을 일러준 다음에 말했다.

"그런데 말씀야. 요양원으로 떠나가며 정신이 혼미한 속에서도, 그녀는 야릇한 말을 식구들에게 또렷하게 당부하더라나. 자기가 쓰던 이층 방의 문을 잠그시 말라고 말야. 누구를 기다리는지, 언

보고 싶은 사람

젠가는 누가 꼭 올 것이라고 믿고 있는지……"

그는 자리에서 먼저 일어섰다.

술집에서 나와 노인과 헤어진 그는 그 요양원을 찾아갔다.

요양원은 산기슭의 한적한 곳에 외따로 자리하고 있었다.

이번에도 먼 친척이라면서 그녀를 찾자, 간호사가 그를 어느 병실로 안내했다. 방문에는 안을 들여다 볼 수 있도록 작은 창문이 만들어져 있었다.

그를 병실 안으로 안내해 주고 몇 가지 주의 사항을 일러준 다음에 간호사가 가버리자, 그는 그녀와 단 둘이 남았다.

그동안에 그녀도 많이 늙어 있었다. 머리에는 흰 머리카락들이 희끗거렸다. 그러나 그 늙음 속에서도 그는 그녀의 옛 모습을 대뜸 찾아낼 수 있었다. 틀림없는 그녀였다.

그녀는 의자 위에 조용히 앉아 있었다. 무슨 생각을 하고 있는지, 아니면 그저 멀건한 시선으로 이따금 그를 바라보기도 했다.

"나를 알아보겠소?"

그가 조용한 목소리로 물어보자, 그녀는 아무 말도 하지 않았다.

"내가 왔소. 내가 돌아왔소!"

"……"

"내가 돌아왔소. 내가……"

그가 좀 더 큰 소리로 말했지만, 그녀는 이번에는 고개를 갸웃거릴 뿐 아무런 반응이 없었다.

그의 가슴은 터질 것만 같았다. 아픔으로 고통스러웠다. 그는 그녀의 앞으로 조금 더 다가갔다. 그리고 조용히 두 무릎을 꿇고 앉았다.

고개를 숙였다.

한동안 침묵이 계속되었다.

무엇이 그의 머리 위에 가만히 얹혔다. 이어 그녀가 부드러운 손길로 그의 머리를 쓰다듬으며 말했다.

"돌아왔군요!"

"나를 알아보겠소?"

"언젠가는 돌아올 줄 알았어요. 당신은 그럴 사람이라고 믿었거든요."

"용서해주시오, 나를!"

그러자 그녀는 더없이 친절하고 나긋한 어조로 말했다.

"용서하고 말고요. 나는 당신을 한 번도 미워하지 않았는걸요."

"이제는 당신의 곁을 떠나지 않겠소. 맹세하겠소!"

그는 몸을 일으켜 그녀를 가슴에 안았다. 전에는 풍만하던 몸이 지금은 메말라 새의 깃처럼 가붓했다. 그는 그녀의 머리를 쓰다듬으며 울었다. 그의 가슴에 묻힌 그녀는 말이 없었다.

조금 후에 간호사가 들어왔다. 면회 시간이 끝난 것이다.

그녀에게 내일 다시 오겠다고 약속한 그는 그 방을 나섰다.

그날 밤을 여인숙에서 묵은 그는 약속대로 다음날 그 요양원을 찾아갔다.

그러나 그녀는 어제처럼 그를 맞아주지 못했다. 내일 다시 오겠다는 약속을 하고 그가 떠나가자, 전에 없이 명랑한 표정으로 노래까지 흥얼거리던 그녀는, 지난밤에 조용히 숨을 거두었다고 했다.

보고 싶은 사람

침대 위에 누워서 잠을 자다가 심장이 멎은 채 다시는 깨어나지 못했다는 것이다.

잠을 자다가 숨이 멎은 그녀의 표정은 더없이 평온해 보였다고, 그곳의 원장이 말해 주었다.

나그네의 노래

두 사람이 길을 가고 있다.
길을 가다가 우연히 만난 사람들이다.
한 사람은 젊고, 한 사람은 늙은이였다.
젊은이가 늙은이에게 말을 걸었다.

"저는 어르신을 진작부터 뒤따라왔습니다."
"그런 것 같더군."
"어찌 아셨습니까?"
"느낌이 그랬네."
"동행해도 되겠습니까?"
"누가 뭐라겠나."
"여쭈어뵈도 되겠습니까?"

"누가 말리겠나."

"어디서 오셨습니까?"
"거기서 왔지."
"어디까지 가십니까?"
"가봐야 알지."
"여기까지 어떻게 오셨습니까?"
"걸어서 왔지."
"남은 길을 어떻게 가실 겁니까?"
"걸어서 가지."

"나는 왜 살고 있습니까?"
"태어났으니까."
"나는 왜 이 땅에서 살고 있지요?"
"여기에서 났으니까, 여기에서 살고 있지."
"나는 왜 이렇게 살아야 합니까?"
"그렇게 태어났으니까, 그렇게 살지."

"바람직한 나라는 어떤 나라입니까?"
"빛의 나라."
"저도 그 나라에 갈 수가 있겠습니까?"
"갈 수 있지."
"어느 길로 가야 합니까?"

걸어서 가는 길

"빛의 계단으로 올라가야지."

"어렵습니까?"

"쉽지 않지."

"얼마나 어렵습니까?"

"겪어봐야 알지."

"겪으면 가능하겠습니까?"

"먼 훗날, 자기한테 물어보게나."

"되돌아가고 싶지 않으십니까?"

"그럴 시간이 없지."

"되돌아갈 수 있다면 무얼 하시겠습니까?"

"또 걸어야지."

"지겹지도 않으십니까?"

"그게 나그네지."

"나그네가 마음에 새길 것은?"

"짐이 가벼워야지."

"또 무엇입니까?"

"남에게 짐이 되지 말아야지."

"또 있습니까?"

"자기 발에 맞는 신발을 신어야 하네."

"어떤 것이 미덕입니까?"

나그네의 노래

"겸손하게나."

"겸손은 무엇입니까?"

"교만의 반대지."

"교만은 무엇입니까?"

"겸손의 반대지."

"미워하면 안됩니까?"

"사랑해야지."

"사랑이란 무엇입니까?"

"미움의 반대지."

"왜 사랑해야 합니까?"

"미움보다 좋은 것이니까."

"왜 미워하면 안됩니까?"

"내가 더 괴로우니까."

"두려운 것이 있었나요?"

"고양이 눈."

"가장 두려웠던 것은?"

"고양이 눈."

"아니, 고양이 눈이 왜 그랬죠?"

"그건 나의 양심이었으니까."

"사랑했던 여자가 있었나요?"

"많았지."

"많다는 건 없다는 뜻인데요?"

"한 여자가 있었지."

"누구였습니까?"

"요양원에서 죽었다네."

"조금만 더 가면 저는 다른 길로 갑니다."

"좁은 길로 가게나."

"그 길은 어떤 길입니까?"

"빛의 계단이지."

"왜 자꾸 그 길로 가라고 하십니까?"

"빛의 나라로 가는 길이니까."

"무엇을 생각하며 걸어가야 하나요?"

"쉬울수록 어렵다네. 가장 쉬운 것이 가장 어렵다네."

"무엇을 경계하며 가야 하나요?"

"향기롭고 감미로운 차를 항시 조심하게나. 그건 길이 아니라 독
이었다네."

"또 있습니까?"

"늘 깨어 있어야 하네."

"왜 그렇지요?"

"그렇지 않으면 누가 자꾸만 다른 길로 가자며 충동질을 한다
네."

"누가는 누구지요?"

"누구기는. 바로 자네지."

나그네의 노래

"그러나, 늘 깨어 있을 수만은 없잖습니까. 어쩌다가 술에 취할 수도 있고……"

"취하게 만드는 것은 술만이 아닐세."

"또 무엇입니까?"

"그것보다 더 무서운 놈들이 있다네."

"그게 무엇입니까?"

"무엇이라고 생각하는가?"

"욕심, 욕망, 탐욕……"

"그것들에게 취하면 좀처럼 깨어나지를 못한다네."

갑자기 젊은이가 늙은이 앞에 두 무릎을 꿇으며 정중하게 말했다.

"앞으로 스승으로 모시겠습니다."

"나를 말인가?"

"저를 제자로 받아주십시오."

"내가 자네를 말인가?"

"그렇습니다."

"농담하지 말게나."

"농담이라니요?"

"나는 길에서 길을 잃은 자일세. 그럴 자격이 없네."

"지나친 겸손이십니다."

"그런 자가 누구에게 무엇을 일러준다는 말인가?"

"그렇다 하더라도, 저에게는 길이 되어주실 수가 있습니다."

"그것, 참!"

"결정은 제가 하는 것입니다. 저에게는 가르침이 필요하고, 무엇인가 선생님으로부터 많은 가르침을 받을 수 있겠다고 믿고, 이미 마음을 굳혔습니다."

"허허허허."

"이 순간부터 저는 선생님의 곁을 떠나지 않고 따르겠습니다. 그러면서 많은 것을 배우겠습니다. 저의 고집은 보통이 아닙니다. 만약에 선생님께서 받아주지 않으신다면, 뒤에 서서 말없이 따라가겠습니다."

"어디까지 따라올 텐가?"

"끝까지, 선생님께서 돌아가시는 날까지……"

"허허허허. 내 고집도 엔간찮지만, 자네의 고집도 보통이 아니로군."

하는 수 없었다. 길동무 삼아 젊은이를 데리고 가기로 했다. 그러면 한결 덜 쓸쓸하고, 한결 덜 외로울 것 같았다. 그러잖아도 그는 요즘에 부쩍 적적함을 느끼곤 하던 터에, 어쩌면 잘된 일인지도 몰랐다.

두 사람은 어느 사이에 친숙해져서 이런저런 말을 정답게 나누며 함께 걸었다.

"길에서, 어떤 나그네를 사귀어야 합니까?"

"알면서도 얼른 말하지 않는 사람이네."

"모르면서도 아는 체하는 자들이 많더군요."

"정직한 자는, 모르면 모른다고 말한다네."

"길은 어떻게 생겼습니까?"
"산이 높으면, 골이 깊다네."
"기대가 크면, 실망도 크다는 말씀이로군요."
"절망하지 않으려면, 희망부터 버리게나."
"그렇게만 살 수는 없잖습니까?"
"그러니까 나그네들이지."

"걸어오신 길이 즐거우셨습니까?"
"남의 길이 더 아름답게 보인다네."
"누가 나에게, 왜 이 길을 걷게 했는지 모르겠습니다."
"어찌 생각하는가?"
"고통을 주려고."
"아니지."
"아니라니요?"
"더 큰 것 주시려고."
"그렇게 생각하며 걸어오셨습니까?"
"그러면 마음이 편하다네."

"저에게 하늘은 늘 잿빛이었습니다."
"자신을 두 번 울리지 말게나."
"한 번도 아니고 두 번 울리다니요?

걸어서 가는 길

"내일도 그럴 것이라며 지레 한 번……"

"또요?"

"내일이 정말 그럴 때, 또 한 번—왜 두 번씩이나 우는가."

"오늘부터 미리 울지 말라는 말씀이로군요."

"그때에 가서 한 번만 울게나. 핫하."

"젊다는 것은 무엇입니까?"

"늙은이보다 오래 산다네."

"외로움이란 무엇입니까?"

"갈 곳은 많아도, 오라는 데가 없다네."

"그렇다면, 고독은 무엇입니까?"

"오라는 데도 없고, 갈 곳도 없다네."

"그러면 울겠군요."

"아니지."

"아니라고요?"

"외로운 자는 울고, 고독한 자는 웃는다네."

"쓰디쓴 웃음이겠군요."

"그게 피웃음일 때도 있다네."

"가족이란 무엇입니까?"

"어느 여인숙에서 서로 만난 나그네들이지."

"그러다가 어느 땐가는 헤어지는……"

"그동안, 정이 많이 들었다네."

"그렇지 않은 경우도 있잖습니까?"

"정이 든 경우가 더 많다네."

"가족이 있으셨습니까?"

"자네도 이젠 가족인걸. 핫하."

"죄란 무엇입니까?"

"남의 마음을 아프게 하는 것이지."

"그랬으면 어찌해야 합니까?"

"어찌하기는. 얼른 잘못을 빌며 용서를 구해야지."

"흔히 그러지 않습니까."

"입으로 구하기에 앞서, 마음으로 빌어야 하네."

"혹시, 그럴 수가 없는 경우에는……"

"그때 가서 생각하게나."

"죄 지은 적 있으셨습니까?"

"없었네."

"없었다고요?"

"많았네."

"선생님은 어디로 가시던 길입니까?"

"고향으로."

"고향이 어디신데요?"

"타향이 아닌 곳이 고향이지."

"그렇다면 타향은 어딥니까?"

걸어서 가는 길

"걸어오다가 들른 곳이지."

"많았습니까?"

"많았지."

"정이 들면 고향이라지 않습니까?"

"굳이 고향까지 갈 것 없지 않느냐는 말이렷다?"

"그렇습니다."

"어머니는 내 육신과 영혼의 고향, 고향은 내 육신과 영혼의 어머니라네."

"네?"

"왜 놀라는가?"

"어머니는 누굽니까?"

"누구라고 생각하는가?"

"산고 끝에, 나를 이 세상의 나그네로 내보낸 여인……"

"자네는 어머니를 잊었을지 몰라도, 자네의 어머니는 자네가 돌아오기를 오늘도 문 앞에 서서 기다리고 있다네."

"……"

"왜 말이 없는가?"

"문득 어머니가 생각이 나서……"

젊은이가 얼른 말을 돌렸다.

"도대체 인생이란 무엇이지요?"

"하루, 또 하루……그런 시간의 흐름이지. 긴 시간의 강물이지."

"빨리 갈 수는 없습니까?"

"한 걸음. 또 한 걸음……디리기 아피도, 무엇을 타고 가면 안 되

나그네의 노래

는 길이지. 걸어서 가는 길이지."

"그렇다면 차라리 쉬면서, 놀면서 가도 되겠군요."

"한가로운 소리 말게나. 그랬다가는, 밤에 잠을 잘 곳도 못찾고, 끼니도 얻어 먹지 못하지."

"하기는……"

"열차는 이미 떠났는데, 나는 뒤따라가며 서라면서 아직도 손짓을 하고 있다네."

"손짓을 본 열차가 멈출 수도 있잖습니까?"

"시간에게 물어보게나."

"왜 살지요?"

"먹기 위해서 살지."

"네?"

"살기 위해서 먹지."

"그렇다면 어느 쪽이 더 낫습니까?"

"살기 위해서 먹고, 먹기 위해서 살지. 핫하."

"선생님의 말씀은 재미가 있습니다."

"늙은이의 말이 지루하지 않다니 얼마나 다행인가."

"그러나 쉬운 듯 쉽지가 않습니다."

"더 쉽게 말해주지 못해서 미안하네."

"바람직한 삶은 어떤 것입니까?"

"베풀며 살면 즐겁다네."

"가진 것이 없으면 어찌합니까?"

"적을수록 값지다네."

"많을수록 값진 것이 아니고요?"

"두 개를 가진 자가 한 개를 나누어주기보다는, 한 개를 가진 자가 반 쪽을 나누어주기가 더 어렵다네."

"두 개보다는 네 개, 나아가 여덟 개를 가지면 그만큼 베품도 크지 않겠습니까?"

"모르는 소리! 아홉 개를 가진 자는 남이 가진 한 개를 달라고 하여 열 개를 채우려고 한다네."

"그놈의 욕심!"

"저승까지 가지고 가려는 자들도 있다네."

"그렇다고 욕망이 없으면 또……"

"욕심이란 놈은 만족할 줄을 모르기에, 그때마다 크고 작은 고통이 뒤따른다네. 적을수록 행복하다네."

"걸어오는 동안, 저는 길에서 여러 스승을 만났습니다."

"그랬을 테지."

"선생님은 참으로 겸손하신 분입니다."

"더없이 교만한 자였다네."

"지금은 그렇지가 않으십니다."

"스승에 비하면, 나는 어림도 없다네."

"선생님께도 스승이 있으셨습니까?"

"있었시."

나그네의 노래

"어떤 분이셨습니까?"

"큰 나무는 멀리서도 잘 보인다네."

"그런 분이셨군요."

"곁에서는 오히려 잘 보이지가 않는다네."

"그분의 가르침이 오늘날의 선생님을 만드셨군요?"

"천만에!"

"아니라고요?"

"그 가르침들 중에서 하나만이라도 제대로 실천을 했어도, 나는 퍽 바람직한 나그네일 것일세."

"그중에서도 굳이 하나를 고르신다면 어떤 것입니까?"

"어떤 것이기는. 겸손이지."

"그렇게 어려운 것이 아니잖습니까?"

"쉬운 것이 어렵다고 말하지 않았는가."

"그나저나 그걸 어느 때에 아셨지요?"

"먼 훗날에야 비로소……거듭 말하지만, 나는 길 아닌 길을 걸었다네."

"왜 그러셨지요?"

"그 길이 달콤했으니까. 핫하."

그날 밤에, 그들은 강가에서 노숙을 했다.

밤하늘에 달은 보이지 않고, 별들만 초롱거렸다.

젊은이가 마른 나뭇가지들을 주워와서 모닥불을 피웠다. 그 모닥불을 사이에 두고 마주 앉아 있던 젊은이가 무슨 생각이 들었는지

걸어서 가는 길

문득 말했다.

"스승으로 모셨으니까, 저의 모든 것을 말씀드리겠습니다."

"알아두는 것도 좋겠구먼."

"저는 이리저리 떠돌면서 거칠게 살아왔습니다. 어느 때부터인가, 이래서는 안 되겠다 싶어 마음을 다잡고, 좋은 스승을 만나 배우기로 결심을, 그러다가 우연히 선생님을 만난 것입니다."

"그랬었구먼."

이어 그가 물어봤다.

"그동안 왜 이리저리 떠돌았는가?"

"집에서 가출을 했습니다."

"가출을 했다고? 왜?…… 무슨 이유로 말인가?"

"저의 집은 대를 이어 빵 가게를 했고, 손님들이 많았기 때문에, 생활은 꽤나 넉넉했습니다. 그러나 차츰 자라면서 그동안 집안에 숨겨져 오던 비밀을 알게 되었고, 그러자 저는 그때부터 성격이 빗나가기 시작했고, 그러다가 끝내는 집을 뛰쳐나온 것입니다."

"조금 전에…… 빵 가게라고 그랬나?"

"그렇습니다. 빵의 맛과 품질이 독특해서, 그 지역은 물론 먼 지역에까지 소문이 났을 정도로……"

그는 모닥불 건너에 앉아 있는 젊은이의 얼굴을 비로소 똑바로 지켜봤다. 그러잖아도 그는 길에서 젊은이를 처음 만날 때부터 왠지 친근감을 느꼈었다. 전에 없던 일이었다. 지금 새삼스레 살펴보자, 어디선가 듣던 목소리, 어디선가 본 듯한 얼굴이었다. 젊은이는 그랬다.

나그네의 노래

젊은이의 얼굴에서 얼른 시선을 거두며 그가 넌지시 물어봤다.

"차츰 자라면서 집안에 숨겨져 오던 비밀을 알게 되었다고 말했는데……"

"그렇습니다."

"그게 무엇이었나?"

"알고 보니, 저는 사생아였습니다. 그래서 아직도 아버지가 누군지를 모릅니다."

"으음!"

"처음에는 사생아를 낳은 그런 어머니가 미웠습니다. 그래서 짐짓 속을 많이 태워드렸지요. 그러나 지금 생각하니……"

"어떻단 말인가?"

"자꾸만 가엾다는 생각이 듭니다. 어머니는 착한 여자였습니다. 그러잖아도 어쩌다가 사생아를 낳고 주위 사람들로부터 손가락질을 당하던 여자였는데, 저까지 속을 썩혀드렸고, 더구나 가출까지 해버렸으니 그 마음이 오죽이나 아팠겠습니까!"

"아버지에 대한 생각은?"

"처음과는 반대입니다."

"무슨 뜻인가?"

"나를 만들어놓고 어디론가 떠나간 아버지는 어떤 사람인지 그래도 궁금하고, 보고 싶은 때도 있었지요. 그러나 지금은 아닙니다. 오히려 그런 그가 싫고, 밉습니다. 한 여자와 사생아에게 깊은 상처와 한을 남겨 주고 훌쩍 떠나간 남자입니다. 그렇게 무책임한, 가혹한 사람이 어디 있습니까. 안 그렇습니까?"

걸어서 가는 길

"그때, 그는 그럴 만한 사정이 있었는지도……"

순간 그는 흠칫 놀랐다. 파아란 불꽃이 번쩍거리는 젊은이의 저 시선! 일찍이 어디선가 본 적이 있는, 그가 그녀의 방문을 두드리던 그날 밤에 본, 이후로도 줄기차게 따라다니며 문득문득 괴롭히던, 그러다가 어느 때부터인가 겨우 잊혀진 듯했던 그 파아란 불꽃의 고양이 눈을 그는 지금 이 젊은이의 두 눈에서 새삼스레 느끼고 있었다. 아니, 그때보다도 더 강렬하고 섬뜩한 고양이 눈이었다.

그가 밑으로 고개를 푹 떨구자, 젊은이는 노인이 피곤해서 꾸벅 잠이 든 모양이로구나 생각한 듯, 이번에는 혼잣말처럼 중얼거렸다.

"아까 선생님께서는 가장 사랑했던 여자가 있었다고, 그리고 그녀는 요양원에서 죽었다고 말씀하셨습니다."

그러나 그는 잠이 든 것이 아니었다. 젊은이의 말을 들었으면서도, 그는 대꾸하지 않았다. 그랬어도 젊은이는 혼잣말처럼 또 중얼거렸다.

"언젠가 그분에 대해서 더 듣고 싶습니다. 왜냐고요? 아마 지금쯤 나의 어머니도 이래저래 상심한 나머지 어느 요양원에서……"

"……"

"어쩌면 돌아가셨을지도……"

순간, 무엇이 그의 머릿속을 번개처럼 후려치며 지나갔다.

요양원에서 숨을 거둔 그녀가 일찍이 그에게 당부했던 말들이 언뜻 또렷하게 되살아났다. 당신에게 또 다른 여자가 생긴 것을 육감으로 안다면서, 그러나 나는 질투하지 않는다고, 그쪽과 결혼을 해도 좋다고. 다만 사생아만 낳지를 말라고, 그래서 죄를 짓지 말라던, 그것만 바랄 뿐이라던……그로 인해 스스로를 묶지 말라던, 그러면 당신은 불행해진다던, 영혼이 초라해지면, 아무리 돈을 많이 가지고 있은들 무슨 소용이 있겠느냐던……욕심을 버리라던, 물건을 내려놓으면 몸이 가볍고, 욕심을 내려놓으면 마음이 가볍다던……그러고 보면, 그녀는 이미 '빛의 계단'을 알고 있던, 또 한 사람의 스승이던……

젊은이, 어쩌다가 길에서 만난 이 사생아—일찍이 그녀에게 내가 뿌린 이 씨앗은 동행을 하다가 보면, 어느 땐가는 어쩌면 집안에 숨겨져 왔던 비밀을 눈치챌는지도 모른다. 그렇다면 그는 나를 얼마나 증오할 것인가!

차라리 여기에서 헤어지는 것이 더 낫겠다고, 그는 문득 생각한다.

이따가 젊은이가 잠이 든 사이에 혼자 떠나기로 마음을 굳힌다. 그러면 잠이 깬 젊은이는 처음에는 의아해 하고, 그러다가 혼자 슬며시 떠나간 스승을 몹시 섭섭해 하리라.

이별은 슬픈 것이다.

그러나 언젠가는 다시 만날 수도 있다는 재회의 미련 때문에, 그런 기쁨 때문에, 시간이 지나면서 슬픔은 차츰 추억으로, 다시 아름다운 추억으로 바뀌리라.

젊은이에게는 그렇지만, 나의 경우는 다르다고 그는 이내 쓰게 웃는다. 다시는 만나서는 안되는, 다시는 만날 수 없는 그런 이별이기에 그만큼 더 슬픈 것이다. 세월이 지나도 슬픈 것이다. 그것

걸어서 가는 길

은 아련한 슬픔이 아닌 쓰디쓴 아픔이며 나아가 진한 고통이라는 것을 그는 벌써부터 잘 알고 있다.

그렇다면 차라리 사별을 하는 쪽이 낫다고 그는 마음을 굳혔다. 그러면 젊은이에게는 떠나간 스승이 미움이 아닌 그리움으로 남을 것이고, 나로서는 앞으로 뒤따를 마음의 고통을 덜고…….

문득 고개를 들자, 젊은이는 하루가 피곤했던지 세워진 두 무릎을 깍지를 낀 손으로 안은 채 꾸벅꾸벅 졸고 있었다. 저만큼 강가에 높지 않은, 그러나 몹시 가파른 벼랑을 지닌 산이 눈에 들어왔다. 행여 젊은이가 잠이 깰까 조심스레 몸을 일으킨 그는 그 산을 바라보며 빠른 걸음으로 걸었다.

어느새 나타났는지 밤하늘에는 이지러진 달이 떠 있었다. 달빛이 하늘에 가득했다.

그는 산으로 올라갔다.

산 위로 오른 그는 벼랑 끝으로 다가갔다.

그 벼랑 아래로는 밤의 강물이 흐르고 있었다.

그녀에게는 감당하기 힘든 마음의 고통을, 사생아인 그 젊은이에게는 평생토록 지울 수 없는 수치와 모욕을 동시에 안겨준 이 죄의 무게…… 그는 자신이 저지른 이 엄청난 과오를, 죄를 스스로도 용납할 수가 없었다. 그러기에는 그 죄의 짐이 지금뿐 아니라 앞으로도 감당하기에는 너무나도 벅찰 것이라는 것을 잘 알고 있었다.

'나는 지금 살아 있지만, 그건 요만큼의 값어치도 없는 삶이다. 오히려 죄의 짐에 시달리며 한없이 고통스러울 뿐이다. 지금 내가 그런 나를 구원할 수 있는 길은 오직 하나뿐, 차라리 그 죄의 짐으

나그네의 노래

로부터 해방이 될 때, 그것이 참으로 내가 사는 길이다.'

그는 이 죽음은 그냥 죽음이 아니라, 어쩌면 실패가 아닌 나름대로의 하나의 완성으로서, 끝이 아닌 또 하나의 새로운 시작이라며 스스로를 다독거렸다. 이내 그렇게 다짐을 했다. 그리고, 어쩌면 이것도 빛의 계단들 중의 하나일는지도 모른다는 엉뚱한 생각이 들자, 그는 쓰게 웃었다.

벼랑 아래에서는 강물이 달빛 속에서 고요히 흐르고 있었다.

그가 그 낭떠러지 아래로 몸을 던지려는 순간, 무엇이 그의 머릿속을 벼락처럼 후려쳤다.

그런다고 해결되는 게 아니야!

아니면?

네가 지금 택하려는 길은 참된 속죄가 아니야.

이보다 더 큰 속죄가 또 어디 있겠는가.

그건 도피야. 책임을 회피하려는 얄팍한 속임수라구.

그렇다면?

등의 짐은 내려놓을 수가 있어도, 마음의 짐은 내려놓을 수가 없어.

참된 속죄는 어떤 것이지?

갚고 가야 해.

어떻게?

가슴에 안고 가면서, 그 죄의 무게를 생각하며 괴로워 해야지. 그래야 그 무게는 그때마다 그만큼씩 덜어진다구. 비로소 그만큼씩 가벼워진다구.

꼭 그래야만 되나?

그래야 떠날 때, 비로소 마음이 편해. 비로소 짐을 다 내려놓았으니까.

내 길이 끝날 때까지 그러라는 건데……너무 가혹하구먼!

남에게 끼친 아픔과 고통이 얼마나 큰 것이지를 모르던 나의 죄의 무게는 자신이 겪어봐야 비로소 아는 거야. 그게 참된 속죄라구. 그런 줄도 모르고, 너도 나도 쉽고 달고 재미있는 쪽을 택하고, 그러다가 길을 잃고 헤매기가 일쑤이고…… 이제는 알겠는가?

그는 주춤하며 한 걸음 뒤로 물러섰다. 잠시 그렇게 서 있던 그가 이내 뒤돌아 서서 아까 떠나왔던 강가의 그 자리로 되돌아갔다. 차츰 사위어져 가는 모닥불 가에서, 젊은이는 이제는 옆으로 쓰러진 채 한쪽을 팔베개 삼아 깊이 잠들어 있었다.

그는 조용히 자기의 짐을 챙겼다. 그래봤자, 조그만 등짐과 지팡이뿐이었다. 그는 젊은이를 그곳에 남겨둔 채 얼른 그 자리를 떠났다.

밤하늘에는 달이 밝았다.

그는 혼자 걸어가고 있었다.

적적한지, 그는 작은 소리로 노래를 흥얼거렸다.

세상에 길은 많아도
똑같은 길은 없다네.
여럿은커녕
둘이서도 갈 수 없는

길도 있다네.

난 지금 그런 길을 가고 있다네.

혼자서 가고 있다네.

갑자기 그는 하하하하, 밤하늘을 치켜보며 큰 소리로 웃어댔다. 이어서 으하하하, 으하하핫 미친 듯이 웃어댔다. 그러나 그 웃음소리의 끝은 공허했다. 어쩌면 그건 웃음이 아니라, 피울음이었다.

다시 되돌아갈까?

문득 강가에 남겨두고 온 그 젊은이가 보고 싶었다. 아니, 진작부터 그랬었다. 시간이 지날수록 더욱 그랬다. 그때마다 마음은 예리한 칼날로 저미듯이 아팠다. 보고 싶은 만큼의 아픔이었다. 아니, 그 이상이었다. 그때마다 심하게 통증까지 느꼈다.

돌아가서는 안 돼!

그는 크게 옆으로 도리질을 했다.

참고 견디기로 했다. 앞으로도 그때마다 그러기로 했다. 그렇게 죄의 무게를, 죄의 짐을 조금씩 덜기로 했다. 그렇게 갚으면서 걸어가기로 했다.

걸어서 가는 길